統治者菲爾的瘋狂崛起

喬治・桑德斯
George Saunders

宋瑛堂 譯

THE BRIEF AND FRIGHTENING REIGN OF PHIL

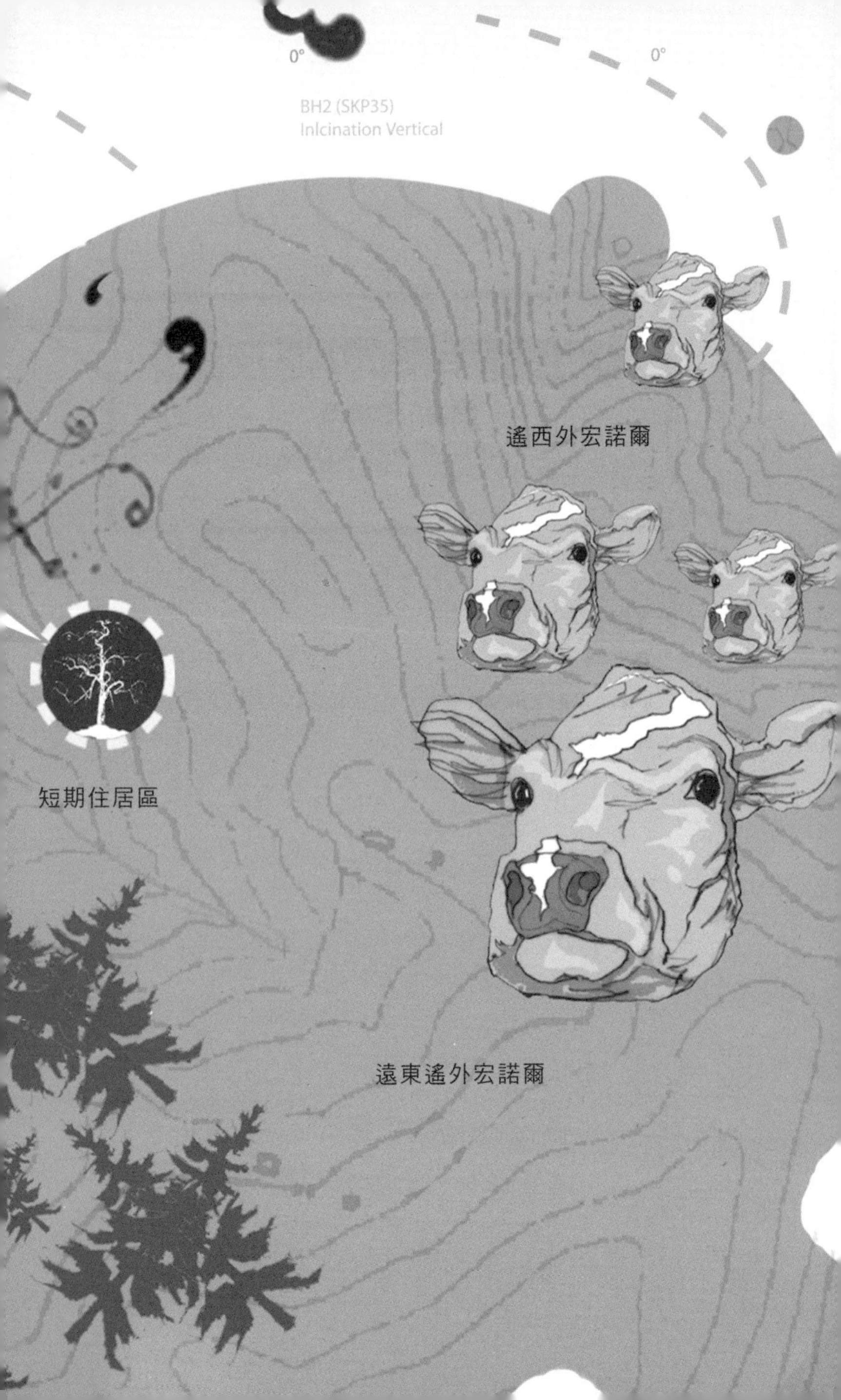
0°
0°
BH2 (SKP35)
Inlcination Vertical
遙西外宏諾爾
短期住居區
遠東遙外宏諾爾

30°
700 0 700 400
公里
等高線間距：兩英吋
S
E
W
N
BH5 (BPK7)
Inclination Vertical

獻給喬與雪莉．林德布魯姆，兩位才情出眾的老師與美麗的朋友

國家小是一回事，但小到像內宏諾爾國就糗大了。內宏諾爾國之袖珍，國土全被外宏諾爾國圍繞，一次僅容納一人，其餘六位國民只能怯弱萬分地站在國外排隊等候入境。

內宏諾爾人擠在位於外宏諾爾國境內的短期住居區，一副垂頭喪氣的模樣，外宏國國民見狀隱隱反感，愛國心激昂，嫌內宏人既可悲又愛發牢騷，而且貪婪無厭，有別於外宏人。長年以來，外宏人展現寬宏大量的心，允許內宏人滯留短期住居區，而內宏人非但不感恩，不感激涕零，居然還狠狠瞪外宏人，嫉妒外宏人國土遼闊，不必擠成一團罰站，而且能在寬敞的外宏餐飲店喝咖啡，腳還能大剌剌伸進走道，令內宏人看了不禁嘀咕：混帳嘛，國土大無窮，難道不能騰出半畝地給我們嗎？

從外宏人的角度看，沒錯，國家版圖大是沒錯，但也並非大無窮。換言之，可想而知的是，空間再多也可能有用罄的一天。更何況，假如把心愛的國土割讓給內宏國，其他亂七八糟的小國也來討土地用，那還得了？外宏國國民的生活不就會遭殃嗎？外宏人日子過得愜意，享有至高無上的尊嚴，需要浩瀚的空間啊。哼，內宏人如果嫌外宏人自私，乾脆滾到天邊去算了。站在免費借來的土地上，還敢厚臉皮罵別人自私。

就這樣，年復一年，兩國民眾怒目相向，失禮的言論層出不窮，隔著國界對罵的事件也時有所聞。

後來有一天，內宏國突然變小了。當時在內宏國的居民是艾爾摩。事情來得毫無預警，只聽見岩石摩擦的一聲巨響，倏然之間，艾爾摩全身有四分之三衝破國界，國境內只剩八角形鏟狀容器。艾爾摩緊張時，常用這容器鏟土。

就在這時，外宏國邊境警衛里昂路過，發現艾爾摩全身四分之三進入外宏國，急忙按下警鈴，高聲通報「外敵入侵中」。

外宏國義勇軍（芙莉達、梅爾文、賴瑞）聞訊趕來，隔著代表短期住居區界線的綠繩子，怒氣騰騰瞪著裡面的人。

「你們想搞什麼花招啊？」賴瑞說。「那傢伙怎麼大半身體露在我們國土上？」

「我們國土縮水了，」艾爾摩說，緊張得用八角形鐽狀容器鐽著土。

「唉呀，少來了，」芙莉達說。「想騙誰？我們國土從來不縮水。」

「好端端的國土是不會縮水的，」梅爾文說。「正常國家的國土不是維持原狀，就是變大。」

「不信你自己看，」艾爾摩說。

外宏國義勇軍（芙莉達、梅爾文、賴瑞）挨向代表內宏國國界線的紅繩子，往內宏國的地心一看，發現內宏國果然縮水了。

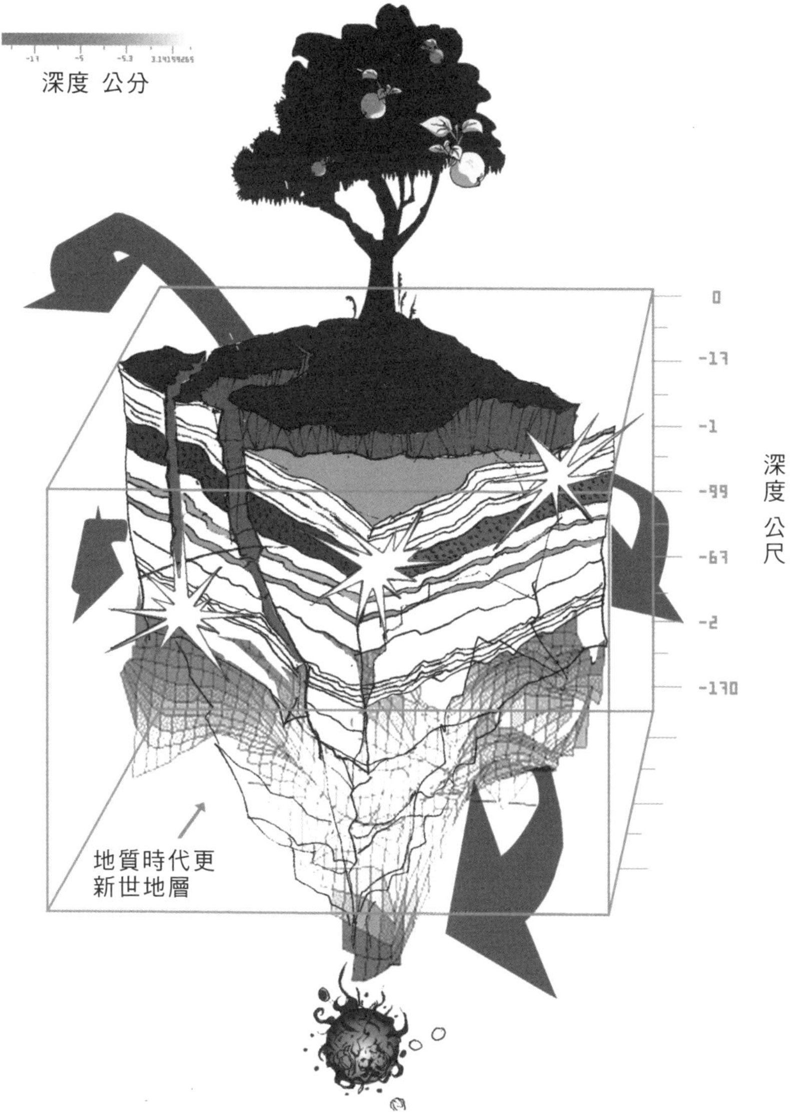

內宏國突然縮水了。

「怪事，」梅爾文說。

「噁心，」賴瑞說。

「這下子怎麼辦？」芙莉達說。

「我建議驅逐入侵者出境，」賴瑞說。

「這點子蠻不錯的，」梅爾文說。「怎麼個驅逐法？」

「我們就，呃，驅逐他們出境嘛，」賴瑞說。「看。差不多是這樣。」

於是賴瑞動手將艾爾摩驅逐出境。他的作法是將艾爾摩置身外宏國的部位推回內宏國境內。然而，由於內宏國縮小到無法容納艾爾摩全身，因此，置身外宏國的一部分被推回內宏國時，身體另一部分就突出內宏國境外，不經意又進犯到外宏國了。

「他們那民族啊，說穿了就是一群逞強好鬥又頑固的人，」梅爾文說。

「偷雞摸狗的那一型，」賴瑞說。

「對付他們的辦法是，」從餐飲店傳來語帶霸氣的嗓音說，「對他們課稅。」

這人名叫菲爾，外宏國國民，中年人，咸認是個略帶怨氣的市井小民。多年前，菲爾曾隔著國界愛上內宏人凱蘿，看上她大致直立、略為左傾的體態，深受她一頭黑亮柔絲的吸引，愛上她那晶瑩剔透、搖曳不定的薄膜，她外露脊椎的優美弧度，以及她用毛茸茸手套狀的附屬器官端莊地搔抓著軸承的姿態。因此，菲爾常沿著內宏國邊境兜圈子漫步，希望捕捉到她的目光，中央膀胱不斷膨脹收縮，只盼顯得更雄赳赳，提升男性魅力。可惜事與願違，凱蘿鍾情凱爾。凱爾也是內宏人，形狀像個特大號皮帶頭，附有一個藍色小燈泡，以U形釘固定在一個鮪魚罐頭上。

小倆口結婚那天是菲爾一生最難熬的日子。

菲爾站在國界外，肝腸寸斷，底層的機油滴滴滲漏而出，看著凱蘿和凱爾舉行結婚典禮，見親友高唱抒情曲，歌詠著祖國令人欽羨的小而美特徵，站得比平常更貼近。

幾年下來，菲爾的怨氣有增無減，因為他天天看著凱蘿為凱爾擦亮皮帶頭，對著凱爾的鮪魚罐頭開開合合鬧著玩。凱蘿和凱爾生了兒子，命名小安迪，菲爾的怨氣暴漲到最高點。他忍不住心想，要是凱蘿判斷力強一點，品味高一些，今天小安迪不無可能喊他爸爸。只不過，假如小安迪是他的骨肉，小安迪無疑會更中看，智商也會比現在高，也絕對不會被取一個內宏人才會取的痞名小安迪。

「課他們稅金，」菲爾再說一遍。「只要他們占用我國貴寶地一天，我們就按日課稅。」

「哇，高招，」賴瑞說。「課多少稅？」

「他們有多少錢？」菲爾說。

「你們有多少錢？」賴瑞問內宏國國民。

艾爾摩伸出八角形鏇狀容器，打開錢櫃。這個錢櫃占據了整個內宏國西北方。

「四斯摩洛卡幣，」艾爾摩說。

「那就課徵四斯摩洛卡幣，」菲爾說。

「繳完稅，我們不就破產了？」凱爾說。

「課徵四斯摩洛卡幣，」菲爾說。「他們繳完四塊錢，可以在短期住居區住完今天。這樣做很公平。」

「這傢伙蠻聰明的嘛，」賴瑞說。

「對啊，誰曉得呢？」梅爾文說。

以菲爾個人而言，除了不受畢生摯愛的青睞之外，另外還有個困擾。他的頭腦以螺栓固定在一個抽屜式大貨架上，螺栓偶爾會鬆脫，導致腦袋滾下架，一股腦兒摔到地上。不巧，偏偏這時候，他的腦子從腦架滾落到地上，掉進乾溝。

「最近我還有個想法，乾脆也告訴你們好了！」他的嗓門突然洪亮起來，高聲說，「我最近常在想，我們的國家多美好啊！是誰送我們的？我一直在想，萬能上帝賜予我們這片廣而美的土地，獎勵我們的優點。我們身材高大，活力充沛，慷慨寬容，這些優點全映照在我國的神話裡，而神話裡面也隨處可見身材高大、活力充沛的人民慷慨施捨！若硬要說國民有個美德，那就是我們做人慷慨。若硬要說國民有個缺點，那就是我們**太**慷慨！那些小混帳的土地既小又爛，難道是我們的錯嗎？才怪！萬能上帝賜予他們既小又爛的土地，上帝自有理由，我算哪根蔥，怎能對萬能上帝交叉訊問，逼問神為什麼給他們既小又爛的土地？我只能享受人生，捍衛萬能上帝恩賜的這片豐裕寬闊的國土！」

剎那間，在外宏人眼中，菲爾不太像是普通市井小民了。哪一國的市井小民會這麼義正嚴詞，講這麼多不知所云的東西，又講得頭頭是道，而且還能精確描述國人多麼美好、慷慨、好心沒好報？

「我的媽呀，」芙莉達說。

「他居然脫口全講出來了，」梅爾文說。

「謝天謝地，終於有人講出來了，」賴瑞說。

「至於你們內宏人！」菲爾咆哮著。「請注意：你們在此是想測試我國傳奇式慷慨心的限度，因為你們的心性和我們完全相反。朋友們，看看這些魯蛇！假如說，他們和我們一樣優秀，那麼，他們怎麼會落得那副德性？跟我們差太多了。看看他們的嘴臉！他們看起來是像我們這麼英勇、高尚、高大，或者看起來悲哀、虛弱、渺小？」

實情是，內宏人長年擠在短期住居區，怯生生地站著，只能念念有詞做著複雜的數學證明題消磨時光，經年累月下來，體質衰退，身材也變得矮小，反觀外宏人有寬廣的疆域任國民閒晃，民眾各個體格壯碩，生龍活虎，數學證明題一竅不通。

「渺小到沒力，」梅爾文說。

「我以前怎麼沒注意到，」邊境警衛里昂說。
「對他們課稅！」菲爾高呼。芙莉達聽了伸手越過國界，抱走內宏國的錢櫃。
賴瑞和梅爾文衝向乾溝，拾起菲爾的頭腦，放回抽屜式大貨架上裝好。
「謝謝兩位朋友，」菲爾說，語氣的洪亮度陡然銳減。「聞名遐邇的外宏諾爾慷慨心，由此可見。」
賴瑞向梅爾文使眼色，露出得意狀，梅爾文也使同樣的眼色回敬。芙莉達忙著清點錢櫃裡的財物，以確認裡面確實有四斯摩洛卡幣，同時心裡略有一絲感傷。令她難過的是，剛才菲爾誇獎時，並未讚揚她也是外宏諾爾慷慨心的典範。她暗下決心，下次菲爾的腦袋再從腦架滾下來，她一定搶先過去撿。

隔天破曉前，菲爾和外宏義勇軍（芙莉達、梅爾文、賴瑞）一行人抵達邊境，旁觀內宏人站著睡覺。

「打盹，打盹，再打盹，」菲爾說。「他們有點懶，對不對？」

「我們就不會，」賴瑞說，「我們天亮前就起床了，辛勤工作。」

「沒錯，賴瑞，」菲爾說。「你觀察力很強。」

「我們忙著勤奮徵稅，」梅爾文說。

「說得好，梅爾文，」菲爾說。「我們的確是個勤奮民族。」

「勤奮徵稅以捍衛我國安全，」芙莉達說。

「告訴你們好了，」菲爾說，「和各位相處過一段時間後，我忍不住想把最重要的國民美德『慷慨』改成『聰明絕頂』。」

賴瑞、梅爾文和芙莉達喜上眉梢。

「現在，我們可以收稅金了吧？」菲爾說，以手肘推一推邊境警衛里昂。手持警棍，里昂挑最近的內宏人婉達，對準她的散熱裝置猛戳一下。

這麼一戳，驚醒了所有內宏人。一如平日，大家醒來第一個念頭是伸伸懶腰，但隨即想起，如果全民一同伸懶腰，保證有個倒楣鬼會被推出短期住居區，嚴格說來算是入侵外宏國領土。

因此，他們只好輪流伸懶腰，由老至幼照順序，一次一人。

「繳稅時間到了，懶蟲，」菲爾說。「少無聊了，別再伸懶腰，給老子聽著。你們繳稅期限過了。」

「可是，我們一毛錢也沒有啊，」艾爾摩說。「你們又不是不曉得。昨天全被你們搶走了。」

「唉，你們這些人，」菲爾說。「你們腦筋燒壞了嗎？想免費賴在我們親愛的祖國裡，永遠不走嗎？在我們國家，國民怎麼過日子，你們知道嗎？我們工作。我們相信，時間就是金錢。因此，隨著時光流逝，在我們的土地上，我們辛勤工作，生產出——你們猜是什麼？財富。金錢。斯摩洛卡幣！你們這些人啊！昨天你們明知繳不出稅金，結果怎麼辦？竟然學嬰兒整晚呼呼大睡！八成是夢想把我們吃乾抹淨！今天呢，你們一文不名，欠繳今日稅金。你們另外還有什麼財產？賴瑞，去盤點他們的資源。」

賴瑞看著菲爾發愣。

「去數他們的東西，」菲爾說。

「喔，」賴瑞說，開始盤點內宏國的資源。他丈量內宏諾爾國的長寬度，仔細在紙上記錄他盤點的數據，然後遞交給菲爾。

「好，我們研究看看，」菲爾說。「小不點蘋果樹，一棵。乾得差不多的小溪，一條。乾裂的土地：大約三立方呎。你表現不錯，賴瑞，盤點得很好。接下來，我們來估算他們全國資源的總價值。芙莉達，妳估計多少？四塊錢，有吧？妳認為，那堆垃圾總值正好四斯摩洛卡幣，對吧？」

寡婦芙莉達長相似灌木叢，過著寂寞的生活，如今一夕之間，竟然暗戀上菲爾，對神彩奕奕、作威作福、大呼小叫的菲爾傾心。她點頭表示贊同，面露喜不自勝的表情，根本懶得瞄蘋果樹、小溪、乾土。

「妳表現不錯，芙莉達，」菲爾說。「估算得可圈可點。里昂，把蘋果樹連根拔起，放乾溪水，將乾土整片挖起來，全部運回外宏國。」

於是里昂跨越邊界線，連根拔樹，把溪水全喝進透明胃臟裡，然後動用圓鍬形的尾巴，鏟光所有乾土嚥下，和胃裡的溪水攪和成淺紅色泥濘。

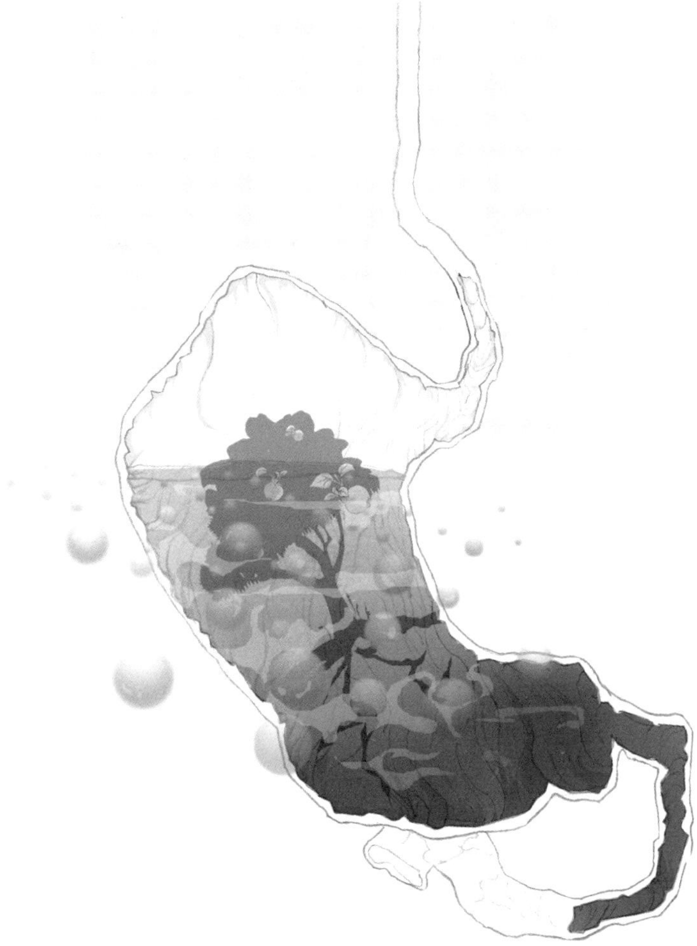

里昂把溪水全喝進透明胃臟裡。

「可是，以後我們吃什麼呢？」凱蘿說。「以後我們喝什麼？下次輪到誰住進國內，有地方可站嗎？站進那個坑嗎？」

「那不干我的事，」菲爾說。「我關心的是，你們這棵爛樹、這條沒趣的小溪、這堆笑死人的土，該往哪裡擺？誰有點子？」

「搬去遙西外宏諾爾吧？」賴瑞說。「那裡滿空曠的。」

「這建議高明，賴瑞，」菲爾說。「里昂，你可以自告奮勇嗎？」

里昂單肩扛起蘋果樹，捧著滿肚子泥水，走向遙西外宏區。景色荒涼的遙西外宏區遍地是冰縫。里昂來到這裡，卸下內宏國原有的國家資源，找到一個最深、最冰冷的冰縫，全倒進去。

同一天夜裡，在短期住居區，內宏國舉行全國公投，民眾嚅嚅交談，氣氛狂躁。由於內宏人長年手腳交纏站著，因此大家極為體諒他人心情，嚴重到連宣布國定就寢時間這種雞毛蒜皮的決策，有時也要討論數小時。

「我們該從哪裡著手？」艾爾摩說。「該怎麼進行？我們眼前的頭號問題是什麼？」

「等一等，艾爾摩，」婉達說。「急什麼急呢？你難道不認為，我們當務之急是不是應該先判定什麼是頭號問題？」

「你這麼一提，問題又來了：當務之急的判定到底是不是我們最初的目標，」老人葛斯說。他是內宏國最年長的一位，老到倦意寫在身上，全身呈字母C形，而這字母頭頂無毛，長了兩根枯萎的灰色鹿角。

「我認為頭號問題在於，我們沒東西可吃，」凱蘿說。

「我和凱蘿的想法一致，」凱爾說。結婚十年，凱爾依然醉心凱蘿。

「不過，沒水可喝，也不見得輕鬆吧？」科提斯說。

「當然囉，我們也沒有土，」艾爾摩說。

「嗯，我倒覺得，缺土不是頭號問題，」科提斯說。

「恕我反對，」艾爾摩說。「我主張，缺土是頭號問題。不信，看看我們國家現在的外觀。」

眾人目光轉向近似空墓穴的內宏諾爾國國土。

「講句老實話，我有點覺得發言不太受重視，」老人葛斯說。「我關切的是，當務之急的判定是否真的是最初的目標，結果似乎被四兩撥千斤了。」

就在此時，一道眩目的光束從高處照下來，打在內宏國上。

「是菲爾下的命令，各位，」邊境警衛里昂說。他剛在警衛哨的屋頂裝設聚光燈，現在站在聚光燈後面。「他怕你們玩陰的，叫我盯緊你們。他認為有燈照，晚上不怕天黑，看管比較容易。」

「天啊，太亮了，」婉達說。

「里昂，既然我們愛玩陰的，你幹嘛老是來找我們下棋？」凱爾說。

「哪有？」里昂說。「我早戒掉了。」

「我建議我們可以起草一份請願抗議書，」婉達說。「要先討論出一個結果再說，當然。」

「支持請願抗議書起草的民意多寡，我建議先舉行一場假投票來評估，」凱爾說。

「空談夠久了，」科提斯說。「我們早該**起而行**啦。」

「來一場絕食抗議也不錯吧？」老人葛斯說。

「沒說錯吧，葛斯？」凱蘿說。「我不是又想對你的提議四兩撥千斤。我們現在不就已經在絕食抗議了嗎？因為我們正在喝西北風。我們的蘋果樹被拔掉了，你不記得嗎？所以，絕食抗議八成沒用吧。我們絕食抗議，別人恐怕也察覺不出來吧。」

「和被他們逼上絕食路差不多了，」凱爾說。

「我有個點子，」小安迪說。

小安迪的年齡雖然在全國墊底，但他具有敏銳智能，分析力強，廣受全國人民敬重。他之所以智能過人，原因可能是他有兩副各具不同功能的頭腦，一個長在頭側，另一個長在腰臀上，兩個腦袋中間有個黃澄澄的決議燈。

「說來聽聽，兒子，」凱爾說。

「為什麼不乾脆寫信給他們總統？」小安迪說。

「哈哈！」科提斯說。「童言真可愛。」

「的確很可愛，」婉達說。「不過也還不賴。」

其實，小安迪的提議很不錯。外宏國總統是一位和藹可親的長者，有五撇白毛小鬍鬚，寬廣的肚腩有七個。多年前，學生時代的他曾旅居內宏國一學期，嚴格說來他只有半身出國。因此，一般人咸信，他對內宏國和內宏人會手下留情。

內宏人幾乎無需辯論或商討，提起筆來，在眩目的聚光燈下猛眨眼，致函外宏國總統，內文如下：

親愛的總統先生，

素聞總統大人鬚多而尊貴，正義的肚腩史上無雙，國人在此敬邀總統大人蒞臨邊境，以探討名為菲爾之徒最近針對我國課徵的稅金是否適切。據國人所知，該人非政府官員，至少我們希望他不是。

「這封信應該有用，」艾爾摩說。「我有信心，這封信能成功。」

「總統絕不會見死不救，」凱蘿說。

婉達躡手躡腳，踏出短期住居區，進入外宏諾爾國，走過熟睡中的里昂身旁，來到外宏餐飲店外，將信投入郵筒。

然後，婉達無視於對她倉皇招手、催她快回來的內宏國國人，在外宏國境內多站幾分鐘，舒展她身上的幾條捲鬚，深呼吸幾口氣，悠悠閒閒兜幾大圈過過癮。

隔天午後，號角齊鳴，鐃鈸震天，外宏國總統乘坐著奢華的總統板轎，由一群氣喘吁吁的資政官員揮汗扛抵邊境。總統個子雖矮，卻氣宇軒昂，大肚腩和白鬍鬚叢生，軍徽滿掛，雙下巴模樣尊貴，全由三條蹣跚的瘦腿支撐擎天。

「啊，種種往事，」總統說，低頭凝視著內宏國境內。「啊，我的青春歲月。和我的印象當然大不相同了。因為當年的我以年輕的視角看待內宏國，如今呢，我以年邁的視角看它。我剛說過了嗎？最近我講話老是重複。這裡當然和記憶有相當大的差別。我記得當年有幾棵蘋果樹，幾條潺潺溪流。不過，當年的我當然是個年輕小伙子，熱愛人生，下巴比現在少，夢想比現在遠大。現在呢，我成了老化石一個，青春年華不再，將來還會再多生幾個下巴。至於夢想呢，我唯一的夢想是甩掉幾個下巴。哈哈！命再苦也要保持幽默感，對不對？下巴一定要抬得高高的！哈哈！只不過，奇怪的是，記憶喜歡捉弄人啊！我明明記得這裡有幾棵蘋果樹和一條潺潺小溪。也有一個名叫夢娜的女孩。我剛說過了嗎？我剛剛有沒有問我剛說過了嗎？提過夢娜的事？我隱約記得和夢娜同坐蘋果樹下，旁邊有條潺潺小溪，滿月的光輝普照，也有呢喃幾句情話。夢娜到哪裡去了？有夢娜這個人嗎？該不會是我想像力太豐富吧？」

「的確有，總統，」艾爾摩說。「她去年剛過世。」是真的。夢娜於去年過世，下葬在內宏國縮水的地帶，因此現在總統的腳下正是夢娜的長眠之鄉。

「可嘆啊，」總統說。「夢娜死了？感覺上，昨天她還是個小甜心，對著我當年的金毛小鬍子猛親，現在呢，看看我，鬍鬚全白了，健忘又臃腫，看看她，命都沒了！我勸各位，千萬別老啊！我剛說過了嗎？保持年輕啊！因為你一旦變老，會開始記錯事情，記成了年輕時有蘋果樹和潺潺小溪，其實呢，出國生活一學期的地方不過是地表一個醜陋的大破洞。」

「總統，恕我更正，」凱爾說。「直到昨天，我們還有一棵蘋果樹

「啊，種種往事。啊，我的青春歲月。」

和一條小溪。」

「什麼？」總統面露不解。「既然這麼說，我昨天就應該來了，對不對？你的意思是不是這樣？夢娜呢？夢娜昨天也在這裡嗎？夢娜是不是今天早上才剛過世，所以我晚來了一步。假如我早幾個鐘頭趕來，臨終前的她就能再撫摸我的鬍鬚一次，是嗎？」

「總統，」凱爾說，「始作俑者是菲爾。他搶走我們的蘋果樹和小溪。」

「搶走夢娜的人也是菲爾嗎？」總統說。「菲爾到底是何方神聖？連同蘋果樹、小溪，以及夢娜，是不是都被這個叫菲爾的傢伙扣押了？你講話太含糊了。我老了。你一開始說夢娜死了，然後說她跟小溪和蘋果樹在一起，全被菲爾押去當人質了。」
「總統，」凱爾說，「夢娜死了。」
「我清清楚楚知道了！」總統怒吼。「我不笨，你是知道的，我只是健忘，走路搖搖晃晃，脾氣不好。你對我說的話，我字字都清楚。夢娜死了，被菲爾害死的，菲爾也搶走你們的樹和小溪和月亮，可惡的流氓。不過，月亮怎麼成了你們的財產呢？我搞不懂。你們最愛把東西占為己有。我相信，月亮是我們大家的。我不是經常這麼說嗎？」
「是的，總統，」一位資政說。這位資政的臉是一面裝有兩顆眼珠的鏡子，目光飄忽不定。「你常說，月亮和星辰由我們所有人共有。」
「對，星星也是，」總統說。「我忘了星星由世人共有。寫下。我下次演講可以提。月亮，星辰，由世人共有。這句話夠動聽。」

就在這時候，菲爾大搖大擺走過來，由外宏國義勇軍陪同。

「總統先生，」菲爾說。「容我插一句，這些人正在誹謗我。」

「你是誰？」總統說。

「我是菲爾，總統，」菲爾說。

「你為什麼非殺害夢娜不可呢，菲爾？我不明白，」總統沉痛地說。「她是個楚楚可人的女孩子。」

「我沒殺害誰呀，」菲爾說。

「他沒有殺害任何人，」艾爾摩說。「夢娜的死因不是他殺。」

「看在老天爺份上，老弟！」總統怒斥艾爾摩。「你怎麼能瞎扯呢？人家清清白白的，你何必誣賴人家犯下謀殺罪？那樣的指控非同小可啊。我年輕時，對你們這些人的印象最深刻的就是，你們個性相當草率。就以夢娜為例好了，她個性相當草率，吻吻吻，活像個瘋女人似的。太草率了。我倒是不在意啦！夢娜行為草率，我求之不得咧，草率是她最大的優點。不過，今天你們這種草率行為太超過了。吻我的小鬍子是一回事，怎麼能誣告菲爾殺人？夢娜行為太隨便，也沒嚴重到該死的地步吧。何況，相信我，她的行為是太草率了。好了，從實招來：既然釐清了菲爾沒殺害夢娜，你抹黑他搶走蘋果樹和小溪和月亮，到底有沒有這回事？」

「只有小溪和樹，」婉達說。

「所以，你們撤回月亮這部分的指控？」總統憤慨說。「太草率了。我還能相信哪方面的說詞呢？」

「總統，容我直言，」菲爾說。「我確實帶走了小溪和樹，不過我的用意只在執行總統令。」

「我欣見有人執行我的總統令，」總統說。「在首府，官員總把我的命令當耳邊風。告訴我，你執行的是哪一條總統令？是良政嗎？」

「短期住居區徵稅令，」菲爾說。「這條總統令，良翻天了。」

「我不記得這條總統令，」總統向資政說。「聽起來是良政，但我沒印象。是我下的命令嗎？」

「呃，總統，這就不一定了，」鏡臉資政說。「我們該自問的是，一般民眾對徵稅有何迴響？民眾支持課稅嗎？如果答案是肯定的，那麼，依我印象，總統確實下過這道徵稅令。反過來說，如果民眾不滿課稅，那麼，我明確記得總統曾拍桌震怒，指責提案人竟敢慫恿總統下這道腦殘命令。為了尊重民主體制，總統，我們顯然必須徵詢民意，以判定總統下的命令是什麼。」

「也好，」總統堂而皇之地說。「去調查一下我講過什麼話。」

資政們紛紛跑去找人做民調，逢外宏人就問，總計問到外宏義勇軍（芙莉達、梅爾文、賴瑞），以及菲爾和邊境警衛里昂。

統計結果出爐，外宏國民意一面倒，全票支持短期住居區徵稅令。

「對了，總統，表決過後，我才想起一件事，」資政說。「總統的確下過這道命令。那天是禮拜四，總統頒布短期住居區徵稅令，我記得當時恭賀總統，總統也謝我協助研擬徵稅令，謝我奠定概念基礎。」

「那我該再謝你一次，」總統說，「你看看，人民多麼支持這道命令，你功不可沒。他們看起來好幸福快樂，簡直想掌聲雷動似的。」

菲爾、里昂和外宏義勇軍一同報以掌聲。

掌聲停息後，菲爾說，「總統先生，容我再說一句。能獲任邊境活動協調專員是我莫大的榮幸。」

「你當然榮幸囉，」總統說。「誰不會感到榮幸？這是一份重要的工作。我也慶幸能任命你。確實是我任命的嗎？是我在頒布徵稅令的同時公布人事令嗎？」

「我們不妨徵詢一下民意？」

「容我建議，要不要再徵詢民意？」資政說。

「一定要，」總統說。剛才獲得全體起立鼓掌，總統仍深受感動。

芙莉達、梅爾文、賴瑞、里昂和菲爾再度接受民調，統計結果是，外宏國國民一致樂見菲爾獲任邊境活動協調專員，因此，總統資政認定，總統確實在數月前任命菲爾擔任該職。此外，資政們憂心，菲爾並未佩戴總統任命勳章。幸好，他們從最年輕的資政身上另外找到一枚勳章，正掛在資政的體外脾臟的遮雨棚上面。菲爾彎腰，讓總統將總統任命勳章掛上他脖子。

「現在，焦點轉到你們身上，」總統嚴詞對內宏人說。「我建議各位，將來禁絕草率的言行，不再做莫須有的指控，一定要遵守菲爾的指示。我相信，菲爾已經為你們奉獻太多了，未來也將持續為各位奉獻，或許有朝一日，如果各位持續禁絕草率的言行，他也能找幾棵樹和一條小溪給各位，以彌補你們因草率言行而遺失的資源。」

「謝謝你，總統，」菲爾說。

「哪裡哪裡，我該謝你才對，菲爾，」總統說。「感謝你盡心盡力執行總統令，找我來這裡見證你執行總統令多麼盡心盡力。看見年輕人執行我的命令，對我身心有好處。你可以說是我的黨羽！」

隨後，資政們把總統抬上板轎，吃力扛著他回首府。

「再見，我親愛的孩子菲爾！」總統高聲說。「繼續努力喔！」

幸好，資政另外找到一枚總統任命勳章，
正掛在最年輕資政的體外脾臟上。

隔天早上，菲爾和外宏義勇軍抵達邊境，發現內宏國國民全成了疊羅漢，搖搖欲墜，只見堆積如山的苦笑臉、側槳、川頓專用閥、額頭亂髮、臀部、額前禿，從內宏國的土坑拔地而起，高達約三十英尺，朝外宏國傾斜，隨時有倒塌的危險。

「我的天，看看那些人，」梅爾文說。

「太粗蠻了，」賴瑞說。

「野獸，」梅爾文說。「他們自己怎麼看得下去嘛。」

「就是說嘛，看看我們，」芙莉達說。「我們才不會有疊成那樣的一天。」

「他們好像受制於內心的惡慾，」賴瑞說。

所有眼睛轉向賴瑞，佩服他。

「難怪我們對待他們這麼不公道，」梅爾文說，想壓過賴瑞。

「不是我們對待他們不公道啦，梅爾文，」菲爾說，口氣略顯嚴厲。

「我們對他們很公道啊，」梅爾文說。「我的意思是，假如他們的行為不像粗蠻的野獸，不像受制於內心的鱷魚，我們會以公道到極點的方式相待。」

「惡慾才對，」賴瑞糾正他。

「你們這堆驢蛋，在玩什麼把戲？」邊境警衛里昂吆喝。

「只要我們不進入短期住居區，我們就不必繳稅，」疊羅漢裡的某人說。「你說對不對？」

外宏人看向新任邊境活動協調專員菲爾。

「當然對啊，」菲爾說。「你們是白癡嗎？人不在我國，我們課什麼稅？」

就在這時候，疊得老高的內宏人塔倒塌了，掉進外宏國。

這是史無前例的現象。有史以來，從來沒有如此多的內宏人滲透外宏國，而且是大舉入侵。里昂著急了，狂按警鈴，意思是，外敵入侵中。外宏義勇軍（芙莉達、梅爾文、賴瑞）火速包抄外敵，將內宏國的總人口一網打盡。

「這太過分了！」菲爾吶喊。「不許動！不准再前進！不准再侵犯我國了！還不投降嗎？馬上給我投降！放下武器！我風聲鶴唳的，大家都看見了嗎？身為邊境活動協調專員，我命令你們遵從！」

內宏人既沒武器，也無意侵犯外宏國，而且重跌後仍頭暈目眩，只不過，有幾個頭比較不暈的內宏人不顧一切，耐不住好奇心，眼冒著金星也要朝外宏餐飲店的方向偷看幾眼。

「我們又沒有侵犯到誰，」艾爾摩說。「我們只是倒在地上而已。」

「立刻回到短期住居區去！」菲爾咆哮。「手舉高！」

因此，內宏人手舉起來，跨越綠繩，進入短期住居區。

「既然我們已經完全制伏你們，」菲爾高喊，「讓我提醒各位，你們還欠我們四塊錢。」

「哼，我們還是拿不出錢來，」艾爾摩說。「你明明知道我們沒錢。」

「賴瑞，」菲爾大喊。「盤點他們的資源。」

賴瑞愣愣看著菲爾。

「我們不是已經帶走所有東西了嗎？」賴瑞低語。

「眼睛睜大一點，賴瑞，」菲爾說。「多多展現警覺心。」

賴瑞睜大眼睛，展現多一點警覺心。

「呃，長官，」賴瑞久久之後說，「除了又找到一點泥土之外，我只找到一個東西……不曉得算不算資源？我找到的是他們穿在身上的衣服，長官。」

「幹得好，賴瑞，」菲爾說。「觀察力夠敏銳。衣服的確是一種資源。」

「等等，」凱爾說。「你該不會要搶走我們的衣服吧？」

「衣服被你們搶走，我們不就裸體了？」婉達說。

「至少你們繳了稅，」菲爾說，同時對里昂比手勢。里昂走進短期住居區，推開人群，開始剝老人葛斯的上衣。

「喂，住手！」老人葛斯大喊。「會把我的疤痕露出來啊！」

「他對他的疤痕很敏感，」婉達說。

里昂照樣拉扯葛斯的上衣，不久後，兩國人都能一眼看清他的疤痕，也聽得見他的嗚嗡哨口發出呼呼聲響，意味著他沮喪到無法言語，隨時可能淚崩，極左通風口則冒出一股股綠蒸汽。

「鬧夠了吧，」婉達說著，對準里昂的尖錐帽拍一下。

「天啊，里昂被攻擊了！」賴瑞驚呼，衝進短期住居區，導致凱蘿與凱爾無意間再次闖入外宏國，里昂也不慎被自己圓鍬形的尾巴打中眉宇。里昂從土坑蹦出來，帽子沒了，心情驚恐，眉宇紅腫流血，收稅不成的他縮頭逃回外宏國。菲爾勾住賴瑞的皮帶環，從短期住居區英勇救出賴瑞。

雙方人馬隔著綠繩，站著猛喘氣，對剛才火爆的流血衝突大感震驚。

菲爾踏地一下，頭腦順著腦架滾落，在地上翻滾了幾碼，中央的膀胱則膨脹到瀕臨爆裂的程度，英菁延展器也開始來回甩動，拍打著第二水喉。

「你們的態度真是丟人現眼！」他以洪亮的嗓門怒吼，「幾世紀以來不把我們人民放在眼裡，習慣性以傲慢的言行凸顯這種態度，而這種傲慢根源於一種信念，認定我們不如你們，非征服不可。但是，我們才不願意被征服！我們是高尚民族，族系源遠流長，擁有生存茁壯的權利，而你們竟想剝奪我們生存茁壯的權利。我也懷疑你們，我懷疑你們看準了我們單純而慷慨的本性，長年以來占我們便宜，我懷疑你們為了繼續生存，尚未放棄某些權益！」

賴瑞從高中就認識菲爾，知道菲爾的頭腦脫落愈久，講話就愈語無倫次，最後腦架會抽搐不止，他也會耗盡元氣。有一次在學校，菲爾參加游泳比賽，元氣耗盡了，整個人沉到池底，後來校方出動絞盤救他上岸，以伐力葉克機插管搶救。事後，人緣好的同學們無情嘲笑菲爾，幾星期不休，甚至還發明一種名叫菲爾舞的舞蹈，其中一招是上體拼命抽抖的怪動作，正是他被插管急救時的慘狀。

「菲爾，長官？」賴瑞這時乖順地說。「要不要我幫你把頭腦裝回去？」

「這件事跟我的頭腦沒關係！」菲爾大吼。「腦筋有問題的人是這群白癡。他們積欠我們稅金！而且還訴諸暴力，拒絕納稅！有鑑於今日發生慘絕人寰的事件，從今以後公定這一天是黑色星期四。然而，有鑑於外宏國國民在光輝傳世的今天英勇奮戰，從今以後公定這一天是驚奇英勇星期四。因此，本人在此宣布目前是聯邦稅金寬限時刻，簡稱ＦＴＭＯ。對，以ＦＴＭＯ慶祝這一天。沒錯。在此宣布ＦＴＭＯ並非畏事，完全不是，出發點是光榮心，以我國的實力為榮！讓我們在歡欣鼓舞的ＦＴＭＯ重返首府，慶祝這場石破天驚的勝利！」

菲爾把頭腦夾在腋下，率領神色慌亂的義勇軍離開邊境，不時以氣音叫他們不要怕得回頭看。

同一天晚上，菲爾來到外宏城髒亂的南區，氣急敗壞地橫衝直撞。今天他的頭腦落地，被撞得歪七扭八，擺回架子後歪歪斜斜，鼻洞不時冒火花，英菁延展器也莫名其妙往上翹。可惡的內宏人！把他氣炸了！內宏人平日像懶蟲，霸占著借來的土地，冷不防卻爆發令人不解的無厘頭暴行！奮鬥這麼久，他總算打出自己的一小片天，他們竟敢打得里昂眉宇流血，公然嘲弄直屬總統的邊境活動協調專員？太令人洩氣了！假如世上沒有內宏國，邊境區的景觀多麼宜人，他也能處理其他更具實質意義的議題，例如美化邊境區。他憧憬著，邊境區看不到一個內宏人，興建一棟博物館來增色，宣揚外宏國文化，館前樹立一座菲爾雕像。他遐想著，一群如癡如醉的外宏國女孩前來參觀，各個是外宏國的國民美女。在他想像中，他走向這群女孩，正要自我介紹是博物館創辦人，也是外宏國總統，想到這裡，他轉個彎，差點迎頭撞上兩個壯如山的年輕人，只見這兩人雙頭肌雄偉，臉型具冷酷美，旁邊有個瘦小的老太婆站在梯子上，正有條不紊地對著壯漢全身塗抹泥巴。

「省省口水吧。我不缺人，」老婦人說。「我人手夠用了。我有兩個。兩個就很多了。」

「我不是來應徵工作，」菲爾說。「我是邊境活動協調專員。」

「專你的大頭鬼，」老婦人說。「如果你是，我就是泥巴女王。」

「妳塗泥巴做什麼？」菲爾說。

「測試用的，」她說，「看這泥巴好不好用。仔細看。有些地方水水的，有些地方很紮實，看見沒？」

「妳在乎這做什麼？」菲爾說。

「我們當然在乎啊！」她說。「假如你真的是哪門子邊境活動專員，你別不懂裝懂。我們在乎是因為，這東西要註明在包裝外面。不是寫『水水的』，就是寫『很紮實』。原因就是這個。好了，少來煩我。我不缺人手。」

「做這工作，你們兩個領多少薪水？」菲爾問肌肉壯漢。

「別跟他們聊天，」老婦人說。「他們按鐘點計薪。拿薪水豈能不做事？他們是學徒。等他們真正學到竅門，才有薪水可以領。」

「這哪算工作？」菲爾說。

「呃，長官，能填飽肚子就好，」渾身泥濘的青年之一說。

「填肚子還早咧，」青年之二說。「改天吧。做完實習期再說。」

「總比窩在家好，」青年一說。

「在家的話，我們會被媽塗泥巴或油脂或豬油，」青年二說，「不但沒薪水可領，還會一面被塗，一面挨她罵。」

「艾德娜從不罵我們，」青年一說。

「哼，我看你們倆看得順眼，」艾德娜說。「你們兩個小子有潛力。」

「聽見沒，凡斯？」青年一說。「艾德娜說我們有潛力。」

「哇，太感動了，」凡斯說。「吉米，媽會這樣稱讚我們嗎？你能想像嗎？」

「稱讚？媽稱讚我們？」吉米說。「只有一次。她說我們塗了豬油比塗泥巴好看一點點。」

「兩位，」菲爾說。「看起來，你們力氣蠻大的。你們力氣大不大？」

「喔，我們力氣很大，沒錯，」凡斯說。

「不是我們吹牛，」吉米說，「我們力氣真的很大。不信你看，長官。」

語畢，吉米以兩指捏起艾德娜，擺在他頭頂上。

「好了好了，諧星先生，」艾德娜說。「快放我下去。該上班了。」

吉米放下艾德娜，她站回梯子上，繼續對著吉米的頸子抹泥巴。

「你們兩位想不想效勞我？」菲爾說。

「什麼？」吉米說。「哇，是我聽錯了嗎？艾德娜才剛誇獎我們有潛力，同一天，這傢伙竟然想對我們下聘書！」

「今天是個大吉日啊，沒錯，」凡斯說。

「你想找我們做什麼工作，長官？」吉米說。

「這個嘛，」菲爾說。「你們可以當我的特殊朋友。就像隨扈。不管我下什麼命令，你們都照著做。地點在內宏國邊境。我在邊境管不少事，做的是國安工作。」

「隨扈耶，哇！」吉米說。「國安工作，哇！不是我瞧不起妳，艾德娜，我倒覺得，隨扈聽起來比較神氣，泥黏度測試員沒得比。」

「你們兩個小子不夠聰明，」艾德娜說。

「妳說的可能有道理，」凡斯說。

「唉，他們夠聰明了，」菲爾說。「他們的聰明程度正合我意。」

「哇，凡斯，聽見沒？」吉米說。「我們聰明程度正合他意咧！」

「艾德娜，我們非去做做看不可，」凡斯說。「妳不認為嗎？這可能是我們出人頭地的好機會。長官，你能付我們多少薪水？」

「凡斯，天啊，別太為難人家，」吉米說。「我們又不一定看薪水做事。」

「一人一斯摩洛卡幣，」菲爾說。

「哇，蠻不錯的，」凡斯說。「整整一斯摩洛卡幣。想想看，如果我們能省著點，一塊錢算蠻多的了。吉米，如果用一塊錢過下半輩子，你算算看，我們每天能花多少錢？」

「嗯，不一定，要看我們能活多久，」吉米說。「而我們目前還不曉得。」

「他數學比我強，」凡斯向菲爾解釋。

「你們好像還沒搞懂，」菲爾說。「我指的是每天一塊錢。你們上班的薪水是一斯摩洛卡幣。是日薪。」

「我的媽呀！」凡斯說。「一天一斯摩洛卡幣！上班每天都能領！日薪耶！照這麼說，如果我們一個禮拜上班七天，週薪能領七塊錢，對不對？現在一個禮拜還是七天嗎？不管了。哇，我們快發財了。我們只要凡事照你的意思做就行了嗎？」

「這個我們最拿手了，」吉米說。「不信你問艾德娜。艾德娜，我們是不是很會照別人意思做事？」

「他們這方面很優秀，」艾德娜說。「非常聽話。不管你吩咐他們做什麼，他們馬上辦。」

「那是因為以前，如果我們不照媽的意思做事，她會趕我們進院子陪狗睡覺，」凡斯說。「我們以前養的那幾條狗很兇。而且院子髒兮兮。」

「而且院子就在懸崖邊，」吉米說。

「好幾條狗就這樣沒了，」凡斯說。

「所以，總之，我們專精聽話，」吉米說。

「不信你看，」凡斯說。「看我們有多麼聽話。長官，交代我們一件事吧。什麼事都行。」

「拆掉那棟茅屋，」菲爾說。

「這一間嗎？」凡斯說。「有個可愛的玫瑰小花園的這一間嗎？」

凡斯和吉米二話不說，空手神速拆掉茅屋，暴露出屋內一家人穿著睡衣褲，圍坐一張歪斜的小餐桌。

「搞什麼鬼？」父親說。

「老兄，休想對我哥大小聲！」凡斯大罵。

「老兄，你也休想對我弟大小聲！」吉米大罵，隨即抓住父親一條腿，倒吊起來，嚇得父親不敢再囉嗦。

「你們錄取了，」菲爾說。

「哈！」吉米邊說邊收手，把父親放在茅屋化成的瓦礫堆上。「今天太神了！」

「別急，吉米，」凡斯說。「在我們答應上班之前，我另外有個要求。」

「凡斯，天啊！」吉米沉聲說。「別要求太多啊！好事會被你搞砸的！」

「吉米，放心啦，包在我身上，」凡斯說。「長官，我想要，呃，我想另外要求……要求你三不五時稱讚我們一句。如果這要求不算過分的話。例如你可以稱讚我們多有潛力，或是我們多聽話，是真是假不重要，只要你天天稱讚我們一句。」

「以前我們在家不常聽見讚美，」吉米說。「我們聽見的多半是，吉米，你這個混蛋，怎麼生得這麼笨？差不多這一類的話。」

「不然就是：凡斯，你太可悲了吧，有沒有生你都沒差，」凡斯說。

「不然就是：吉米，哪天如果我被逼得選擇把你或狗推下懸崖，我會選擇推你，」吉米說。

「我決定了。這樣吧，」菲爾說，「每一天，除了發給你們一斯摩洛卡幣之外，我會另外對你們各稱讚一句。」

「**各**一句？」凡斯說。「哇，不得了，我剛還以為，你只稱讚我們其中一個而已。我以為是，一天稱讚一個，每天交換一個稱讚。結果聽你這麼說，你打算每天各稱讚我們一句？而且還有錢可領？」

「一人一斯摩洛卡幣，」菲爾說。「瞭解嗎？」

「**每一個人**一斯摩洛卡幣？」吉米說。

「哇，」凡斯說。「哇，哇，哇。我快爽暈了。」

「美夢做了再做，」吉米說，「沒想到有一天，居然成真了。」

「唉，艾德娜，」凡斯說。「該向妳說再見了。」

「我們非去不可，艾德娜，」吉米說。「妳還想不通嗎？拜託，不要生氣。」

「省省吧，」艾德娜說。「我隨便找個阿貓阿狗就能取代你們。」

「我想也對，」吉米說。

「我們絕對是沒什麼特別的，」凡斯說。

「我帶你們兩個去洗澡，」菲爾說。

「你會帶我們去**洗澡**？」吉米說。

「也幫你們弄幾套制服，」菲爾說。

「你會弄**制服**給我們穿？」凡斯說。

含著感激之淚，吉米和凡斯跟隨菲爾離開市區齷齪的這一帶。

菲爾之隨扈

菲爾之隨扈

隔天早上，菲爾帶外宏義勇軍抵達邊境，有凡斯和吉米隨行。現在兄弟倆穿著緊身紅T恤，正面寫著「菲爾之隨扈」。

「納稅日到了，納稅日到了，」菲爾說。「別妄想再搶里昂的帽子。照我計算，黑色星期四你們欠四斯摩洛卡幣，今天再欠四斯摩洛卡幣。我在此宣布今天是報應全勝星期五紀念日。所以總計八塊錢。里昂，盤點他們的資源。」

里昂眉宇包著紗布，雙手壓帽子，萬分謹慎，眼睛瞇成一條線，繞行短期住居區。

「還是只盤點到衣服而已，」他說。

「請你收他們稅，」菲爾對吉米和凡斯說。兩兄弟進入短期住居區，宛如兩座正在奸笑的高山，不同的是，這兩座山也能劈劈啪啪扳手指，能伸縮胸肌，大嚼口香糖。轉瞬間，上衣、褲子、鞋子、襪子紛紛飛越兩重山，降落在外宏國，由里昂撿進布袋裡。

吉米和凡斯站開後，內宏人各個渾身光溜溜。

「芙莉達，」菲爾說。「評估這些衣物的價值。總值是不是正好八斯摩洛卡幣？」

「我不太確定，」芙莉達說。眼前的景象令她有點不知所措：大群臉紅害臊的裸體內宏人相互推擠著，只想拉別人過來遮羞。

「妳想說的是『沒錯』吧，芙莉達，」菲爾兇巴巴說。

「好吧，」芙莉達說。「沒錯。」

「很好，」菲爾說。「稅繳清了。祝各位今天萬事如意。」

菲爾帶著隨扈和外宏義勇軍離開，邊走邊翻找著衣物。

「我的天啊，這兩個傢伙力氣好大，」婉達說。

「他們力氣大得不可思議，」科提斯說。

「太可怕了，」艾爾摩說。「太損人顏面了。」

「換個角度看，嗯，裸體完全是天經地義的事，」凱蘿說。

「妳的話也有道理，凱蘿，」凱爾說。「裸體是自己的，沒什麼好可恥嘛。只不過，各位男生，我講真的，希望你們別猛吃我老婆冰淇淋。」

「另外呢，」婉達說，「我也請各位男生別看我，可以嗎？我覺得自己太胖。」

「幹嘛大家全盯著我的疤痕一直看？」老人葛斯說。

「乾脆大家協議不要看別人，」婉達說。

「唉，太扯了吧，」科提斯說。「這種恥辱，大家還想忍耐多久？我們不想想辦法不行。我們應該開始反抗才對。」

「說得好聽，科提斯，反抗吧，」婉達說。「你難道不懂嗎？我們一反抗，他們馬上過來鎮壓。你剛沒看見那兩個傢伙多大隻嗎？」

「凱爾，我最搞不懂的是你，」科提斯說。「你老婆赤條條站在這裡，被全世界看光光，餓肚子的兒子也在這裡發抖，你怎麼拿不出法子？你難道不愛他們？你不在乎嗎？」

「科提斯，少嘮叨凱爾了，」凱蘿說。「他已經盡力了。」

「凱蘿，求求妳不要對科提斯講重話，」婉達說。「他只是表達個人意見而已。」

「看看我們，竟然窩裡反，」科提斯說。

「這不算窩裡反吧，」婉達說。

「哼，我覺得是就是，」科提斯說。

「慘事還在後頭呢，」艾爾摩說。

眾人看向艾爾摩。

「咦，剛才不是協議過，不能看別人嗎？」艾爾摩說。隨後一整天，內宏國全民直直瞪著前方，唯有凱爾例外。他不時偷瞄妻小一眼，忍辱的眼光含有歉疚之意。

黑夜籠罩下來，爍亮的聚光燈高照。

凜冽的寒風徹夜吹不停，冷到內宏國的排氣窗和蒸汽孔形成一根根冰柱，更令人火冒三丈的是，外宏義勇軍破曉抵達邊境時，加穿在義勇軍制服外的是內宏人的服裝。

「各位早，」菲爾說。罩住頭腦的似乎是婉達原有的絨線帽。「什麼時刻到了，里昂？」

「收稅時刻，長官，」里昂說。

「答對了，」菲爾說。

內宏人不語。

「喂，你們到底要我怎麼辦？」菲爾說。「你們這一國的人欠四斯摩洛卡幣。法律寫得明明白白，你們卻堅持要知法犯法。我真的是拿你們沒辦法。」

「不如記他們帳吧？」芙莉達說。

「芙莉達，妳的提議我心領了，」菲爾說。「不過，妳真以為這些人欠錢會還嗎？這些人值得信賴嗎？他們有榮譽心嗎？他們最近有沒有攻擊里昂，打得他眉破血流？妳已經忘了黑色星期四那場惡夢嗎？」

「我建議我們賣門票，」梅爾文說。「賣門票給那些想……想用眼睛吃他們豆腐的人。因為他們全身精光。」

「梅爾文，不行，」菲爾說。「我欣賞你這點子的概念，不過問題是，第一，想看的人能免費看到飽，何必害國民白掏腰包呢？第二，誰那麼無聊，想用眼睛吃他們豆腐？他們又沒啥看頭。只有凱蘿例外。我不得不說，凱蘿的外型挺養眼的。我倒是有可能掏腰包看看凱蘿。各位，你們不覺得凱蘿挺養眼的嗎？」

賴瑞、梅爾文、里昂和隨扈的眼睛全轉向凱蘿，逗留半晌，認同她外型的確挺養眼，他們可能願意掏腰包欣賞。

如果有人瞧凱爾一眼，一定已經注意到，凱爾氣得鮪魚罐頭發抖，皮帶頭也火大發光。

「我有個點子，」菲爾說。「我很早就對凱蘿有好感了，這應該不是什麼天大的秘密。這樣好了，你們把凱蘿讓給我，給我當老婆之類的，我可以給你們不只四斯摩洛卡幣，十二塊錢全送給你們，怎樣？夠你們繳三天的稅。你們意下如何？聽起來很公平吧？」

凱爾一聽，衝出短期住居區，肆無忌憚入侵外宏國，惡狠狠撲向菲爾，同時氣呼呼咬著鮪魚罐頭的蓋子。被他這麼一撲，菲爾的墊圈蓋飛了，頭腦從腦架滾落，兩個隨扈一擁而上，總算扳開凱爾掐住菲爾頸胸部位的手。

「下流的怪咖！」菲爾怒罵。「我的墊圈蓋被撞壞了！你竟敢企圖掀起一場革命！竟敢破壞邊境活動協調專員的墊圈蓋！」

吉米這時抬起凱爾，高高舉在空中，高到凱爾一生無緣登上的境界，賴瑞和梅爾文則忙著拾回菲爾的頭腦。

「你們這群人，」菲爾以洪亮的嗓門咆哮著，「藉著惰性和得過且過的心，迫使平常溫順的我國民眾逼不得已，只好對著你們硬如岩石的固執心抽稅。慷慨無私的我們出借寶貴的領土給你們，卻被你們定位為敵人。那片土地是遠祖從貧瘠的惡土開墾而出的啊！每當我想到已作古的窮祖父母，想到他們鑿岩多辛苦，你們卻鬼鬼祟祟進占這片原本是荒原的聖地，趁我們熟睡，偷偷殺害我們！但是，吾人必須舉起毛瑟槍，舉起抵禦外侮的毛瑟槍，活用通常必勝的行事手法，運用高超的創造力和親愛的精神，總有一天將制伏你們。此決策何等重大，我不敢一肩挑起。既然我們是民主國家，我提議大家緊急投票表決。讓我們緊急投票吧：我們要或不要執行我的重大決策？」

「可是，」梅爾文說，「你的重大決策是什麼？」

「梅爾文，國家有難，你真的想挑這節骨眼來嗆聲領袖嗎？」菲爾說。「在這時間點上，真的適合唱反調嗎？我們要或不要執行我的重大決策，換言之是，拆解這位侵略者？芙莉達，請計票。」

「拆解他？」芙莉達說。「我們能做這種事嗎？」

「同胞們！」被倒吊高舉的凱爾大喊。「趁現在啊！不趁現在，機會永遠不再來！一起拼了！一同起義！」

「聽聽那個小叛徒！」菲爾說。「還在鼓吹暴力！」

其餘的內宏人見識到吉米雄壯的雙頭肌和殘暴的表情，看著他把凱爾高舉在餐飲店上空，想像自己也被倒掛在餐飲店上空，想像自己即將被拆解，因此各自暗忖一陣後決定，此時也許不太適合起義。大家選擇默默低頭盯著綠繩子看。唯有凱蘿例外。她抬頭凝望凱爾，強忍熱淚，也抓緊小安迪不放，因為小安迪迫切想起義。

「大家可以表決一下嗎？」菲爾說。「贊不贊成拆解這個侵略者，以維護我國福祉，防止暴行愈演愈烈？」

外宏國公民緊張起來，斜眼瞥其他人，一致通過菲爾拆解凱爾的決策，以維護國家福祉，防止暴行愈演愈烈。

「恭請執行全國的民意！」菲爾對隨扈說。

隨扈放下凱爾，彎腰湊向他，使用鉗子和套筒扳手組，代為執行全國民意。

不久後，凱爾被拆成一個軟趴趴的皮帶頭、一個鮪魚罐頭、一個藍色小燈泡、以及幾個聯結零件。

「本來以為他們別無資產，是我們料錯了，」菲爾說。「他們額外資產其實數不清。一個國家最重要的資產是人民，你們不認為嗎？芙莉達，這堆額外資產值多少錢，妳估算一下。這堆垃圾值四斯摩洛卡幣吧？鮪魚罐頭值兩塊錢，皮帶頭值一塊錢，藍色小燈泡和聯結零件加起來值一塊錢，妳認為對吧？」

「嗯嗯，」芙莉達說，按捺著心酸，不願痛哭失聲。

「恭喜恭喜，」菲爾對內宏人說。「稅繳清了。萬分感謝。」

說完，菲爾把頭腦裝回架上，指示里昂將凱爾的各部位帶至各地拘禁，地點遍及外宏國最偏遠的角落，以維護國家安全。

里昂使用單輪推車，把凱爾的鮪魚罐頭運至遠南遙外宏諾爾區，當地有數千座一模一樣的小湖。凱爾的皮帶頭被囚禁在遠東遙外宏諾爾區，原野青蔥蓊鬱，一顆顆牛頭從地面生長而出，見人路過就亂吼幾句譏諷言語，罵得人抬不起頭，因此儘管環境青蔥蓊鬱，當地的居民總數掛零。凱爾的聯結零件被拘禁在遠西遙外宏諾爾區，極目所及之處樹木兩兩成雙而立，樹幹交叉成X字。

最後是凱爾的藍色小燈泡。照菲爾的指示，小燈泡被放進一個玻

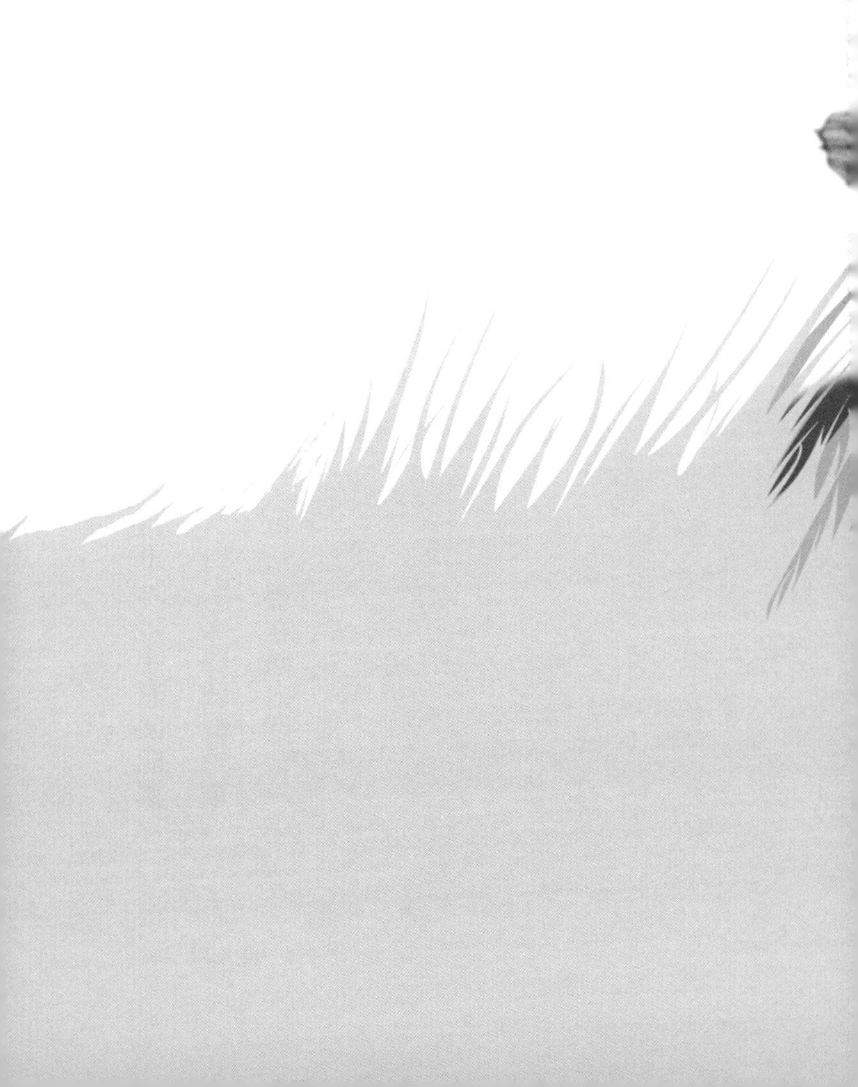

璃盒，擺在內宏國以外幾百英尺，一方面有警示作用，另一方面能讓其他內宏人永記在心裡。燈泡原本是凱爾的上身。內宏人整晚從短期住居區看著哀怨的燈泡伸伸縮縮，彷彿換氣過度，也彷彿在暗自飲泣。

外宏義勇軍芙莉達向來嫌自己頭太細，下身太寬。由於身體長這副模樣，也由於肩膀和上身的葉子太茂盛，在公眾場合立定的時候，曾數度被誤認為是灌木叢或小樹。在她八歲那年的耶誕節，她駐足仰頭觀星，滿心讚嘆不已，結果卻哭著回家，因為她全身被掛滿了耶誕燈飾和玻璃彩球。後來，她的獨生女葛楚德在青春期之前長得亭亭玉立，一片葉子也沒有，而且去報名學跳舞，觀星能連續站幾小時，一次也不曾被掛滿耶誕飾品哭著回家，令身為母親的她大感欣慰。

這天夜裡，芙莉達做了一個夢，夢見女兒是個高䠷精美的花瓶，主人菲爾頻頻拿著她靠近燈火，想挑瑕疵。夢中，芙莉達是隻毛茸茸的小型犬，一直往上跳，想在菲爾檢查花瓶之際咬他一口。

「放她下來，放她下來，」芙莉達對著他吠叫。「你為什麼心這麼壞？」

「我的心才不壞，」菲爾說。「我的心其實好得不得了。我做的事能造福所有人。」

隨即，菲爾找到一處瑕疵，花瓶被他拋去撞牆，碎裂成一千片。

芙莉達醒來，衝進女兒房間，慶幸地發現女兒不是破花瓶，粉紅色的棚架仍完好如初，因此在女兒三個桃紅色臉頰中間親一下。

「雪花掉在我臉上，」女兒喃喃說。

然後，芙莉達走向書桌，寫信給總統，內容如下：

親愛的總統先生，今天，我原本敬重不已的菲爾下令拆解一個人，一個表面看來還不錯的內宏人，他甚至還有妻小。我們外宏國的形象是這樣嗎？希望不是。我們是泱泱大國，讓我們好好做個大國。總統，菲爾失控了，應該要有人出手阻止他。請想想辦法。我們全仰仗你。

信寫完，她披上一件附帽兜的斗篷，步行前往總統府，從珠光寶氣的巨門下塞信進去。

最基層的管家讀完信，交給比他稍微高一層的管家，最後轉給鏡臉資政。鏡臉資政讀得憂心，面色凝重，讀完後上呈總統。

「這太過分了！」總統大吼。「對不對？這是不是太過分了？」

「看情況而定，總統，」資政說。「你認為是嗎？」

「唔，我覺得是，」總統說。「只不過，也可能是我誤判。話說回來，拆解嘛，這檔子事，我們從來沒做過，對吧？」

「你說有，我們才做過，」資政說。

「去叫菲爾過來！」總統狂嘯。

「可是，總統，」資政說，「不太好吧，以你的病——」

「什麼病？」總統狂嘯。「我哪有病？你的意思是，我有病？你是說，我的情況一天不如一天，是這個意思嗎？你是說，我既老又胖也念舊，治國愈來愈不力，成天昏昏庸庸，老講重複的話？」

「不是，總統，」鏡臉資政說。「我完全不是這個意思。和昨天比起來，你沒有比較老或胖，也不見得更念舊或治國更不力。」

「真的？」總統說。「你真的這麼認為嗎？謝了。謝謝你這麼說。這樣好了，你去找這個叫菲爾的傢伙進來，澄清一下事實，以免我忘了對這件事的反應，或把這封信搞丟。」

於是，鏡臉資政寫一封信，交給一個偷偷摸摸、綠綠的矮胖子，負責傳遞郵件的他匆匆前往菲爾的寒酸公寓，從被撞得坑坑洞洞的門下塞信進去。

這封信裡寫著：**拆解某人的事是怎麼搞的？總統明天一大早召見你。**

金圓頂的總統府金碧輝煌，門廳挑高雄偉，有多幅繪畫裝飾，作品的主題是總統嗜食的多種動物擺在餐盤上，只不過在繪畫裡，動物仍活著，身上的皮毛一絲不缺，表情有點驚慌。

在隨扈伴隨下，菲爾進入中廳，鏡臉資政把他拉到一旁。

「首先，聽我說，」資政低語，「在總統身心狀況方面，我不想暗示總統有毛病，不想暗示總統健康拉警報，尤其是在精神方面，事關他最近變得念舊而且治國不力。」

「艾爾想說的是……」資政二說。這名資政的臉呈正圓形，三副一模一樣的笑容上下並排。「艾爾拉你到一邊否認總統愈來愈瘋癲，他想說的其實是，他並非想暗示說，總統事實上是愈來愈瘋癲了。」

「絕對是，」鏡臉資政說。「我不想說的正是這件事。此外，我也不想說，我們應該攜手合作，以確保總統最近瘋癲的假新聞不至於擴散至總統府牆外。相反的是，我鼓勵你，離開總統府後，請隨心所欲思考及發言；也請你謹記，一個國家遭逢在邊境張牙舞爪的強權，這時總統卻病弱，心智喪失大半，這也未必是國家最不幸的境遇。」

「我們的總統也未必糟糕到那種地步，」笑容堆滿臉的資政說。

「我們的總統不像那樣，」鏡臉資政說。

「除非你發現我們總統確實是那樣，」笑容堆滿臉的資政說。

「所以有可能是，」鏡臉資政說。

「是的話，我們可以討論一下，」笑容堆滿臉的資政說。

「總統現在能接見你了！」資政三高聲說。這名資政基本上只是戴著一頂假髮的一張嘴。

菲爾進入宏偉廳，裡面有許多桌子，桌上擺著總統一世英名的紀念品，總統被桌子包圍，顯得比他巡視邊境那一天還胖，似乎也多長了幾撇小鬍子。

「菲爾！」總統說。「好高興見到你！你是叫這個名字，對吧？喔，我記得去邊境的那次。那段時光多美好啊！往日一去不復返了，對不對？坐下吧，好小子。我氣色看起來如何？一定是胖到不像樣。

也更哀傷。最近我好哀傷。我最近在想什麼東西，你知道嗎？就是剛剛。我剛才在想，你剛走進來的那一刻多麼美好！記得嗎？看見你，我多麼高興啊！那一刻我記得清清楚楚！那樣的光陰，一去不復返，對不對？記在我心頭的甜蜜往事另外有什麼，你知道嗎？就在剛才，你走進來，我請你坐下，好小弟。你記得嗎？那時我拍一拍座位，就是你現在坐的這位子。喔，美好的往事！那一刻多美好！像那樣的光陰，一去不復返，對不對？這一生光陰似箭！感覺上，昨天我還年輕力壯，現在看看我，我連站起來都成問題。太胖了吧，我猜。甚至今天早上，我一站就站起來了。艾爾，你記得今天早上我一站就站起來嗎？像那樣的光陰，一去不復返，對不對？我蹦一下就站起來了，對不對？」

「是的，你的確是，」鏡臉資政邊說邊對菲爾使眼色。

「我今天花費好大心血啊，菲爾，」總統說。「我忙著辦的事主要是，第一，回想我召見你的原因，第二，決定該找哪一件事來催淚。因為，最近我掉淚的原因變得有些模糊。我為體重掉淚，哭到一半，發現自己竟突然為了在位時的功績而掉淚。我為了五十年前該說而沒說的一句話而掉淚，哭到一半，突然發現自己為了褲腰好像愈來愈緊而掉淚。然後，我突然停止哭泣，傻傻坐半天，在腦海裡追憶童年家庭景象。結果，什麼事也做不了！我後來明白，我該訂一個掉淚日程表。這樣一來，看錶再看日程表，就曉得自己在哭什麼哭。菲爾，我為什麼召見你，你記得嗎？」

「記得，總統先生，」菲爾說。「你召見我的理由是邊境發生狀況傳回的一份報告。我在此欣然稟告，最近我使出巧妙的技巧，實行幾項意在防止突發暴動事件愈演愈烈的重整實體動作，平息了在邊境的一場突發暴動事件，並分離暴動唆使者的組合零件，分別運送至多處，以此遏止暴動唆使者進一步唆使暴動。」

「寇特，」總統對頂著假髮的那張嘴說。「你記得那一刻嗎？是什麼時候發生的，我沒印象了，只記得你進來，說有人想晉見？那時我說，寇特，叫他進來，對不對？喔，光陰一去不復返。那是什麼時候的事了？想晉見的人是誰？」

「那是剛才發生的事情，總統，」寇特說。「晉見的人是菲爾。」

「光陰一去不復返，對不對？」總統說。「艾爾，能不能麻煩你，再幫我秤秤重？我想知道。另外，再幫我數數小鬍子。感覺上，自從全盛時期以來，像一蹦就站起來的今天早上，我又多長了幾撇小鬍子。」

鏡臉資政攙扶總統站上體重計，笑臉資政負責數總統小鬍子，證實總統目前小鬍子總數為十八撇，而今晨只有十六。

「喔，今天早晨啊，」總統說。「鬍子十六撇、一蹦就站起來的幸福時光。菲爾，你晉見的目的是什麼？或者，是我想見你嗎？是我召見你嗎？」

菲爾心生一股反感，但也隱然興奮。這傢伙是總統？我心愛的外宏國，統治者是他？假如內宏國發動全面侵略戰，領軍應戰的人是他？總統巡視邊境那天，菲爾約略意識到，總統的靈敏度或許不如他，但現在，他忽然認清一點，國家岌岌可危，他才是國家唯一的希望所繫。

「菲爾，」總統抬頭看著隨扈說。「這兩個小伙子是誰？讓我回想起我年輕時，也長得高大壯碩。他們力氣大不大？看起來絕對是夠壯。」

「他們是大力士，」菲爾說。「要不要我叫他們示範？」

「麻煩你，」總統說。

「吉米，」菲爾說，「掀掉總統府的圓頂。」

吉米挺直腰桿起立，單手掀開圓頂，高高舉著。

「哈哈！」總統說。「厲害！一大群鳥飛進來了，看到沒？了不起。」

「接下來，吉米，」菲爾說，「圓頂繼續舉高，跨過那堵牆壁，走向我公寓擺著，然後馬上回來。」

「這我非看不可！」總統樂得鼓掌說。

吉米跨過總統府的牆，仍高舉著圓頂，消失在前往菲爾公寓的方向。

「嗯，這樣一來，採光充足多了，對不對？」總統說。「另外那個

「厲害！一大群鳥飛進來了，看見沒！」

小伙子呢？他也是大力士嗎？」

「凡斯，」菲爾說，「兩側腋下各夾著一面牆，搬去我公寓放。」

「哈！」總統說。「高難度動作。一手搬一面牆。哈！你聽到沒，艾德？」

「我聽到了，總統，」笑臉資政說。他看著菲爾，一份前所未有的敬意油然而生。

凡斯腋下夾住總統府北牆，另一腋下夾住南牆，然後跨越東牆，消失在前往菲爾公寓的方向。

「哇，不得了！」總統說。「總統府只剩兩面牆！我不得不承認，我有點懷念不但有四面牆、更有屋頂的那段時光。害我差點掉淚呢！

艾爾，你記得四面牆壁都在的那段日子吧？然而，我也期望天花板和牆壁回來的一天。應該馬上會回來吧，對不對？是不是很快就回來？」

吉米跨越東牆進來，空手而回。

「精彩的還在後頭，總統先生，」菲爾說。「你以為吉米一定有點累吧？才不會。看著。吉米，兩側腋下各夾一堵牆，以百米速度衝向我公寓。」

「百米速度？」總統說。「確定不會累垮他嗎？耗損他元氣可就不妙了。」

吉米兩腋各夾住東、西兩牆，以百米速度朝菲爾公寓方向衝刺。

「精彩，精彩，」總統說。「可喜可賀啊！這兩個小子果然是大力士。他們為你效勞嗎？我的這群資政啊，他們是很得我心，沒錯，不過，他們八成無法勝任剛才的表演。年輕人，你們辦得到嗎？」

資政們喃喃說，對，八成無法依樣畫葫蘆。

「呃，總統先生，」菲爾說。「我該走了。我得回邊境收稅。」

「哈哈！」總統說。「你呀，菲爾，真的很積極進取。我佩服。只不過，你找個方便的時間，叫你的壯漢把總統府搬回來。什麼時候能搬回來？等大概一個鐘頭吧？今天下午可以嗎？」

「我今天挺忙的，」菲爾說。「邊境有問題要我處理，我說過。」

「不然明天？」總統說。

「明天也不方便，」菲爾說。

「唉，菲爾，」總統說。「身為總統，你知道，沒總統府可住，那怎麼行……」

「我其實想保留總統府一陣子，」菲爾說。

「呃，菲爾，」總統說。「那不太好吧。你不是總統，我才是總統，繫著總統領巾的人是我，所以，我覺得，決定把總統府搬回來的人是我才對。是不是？我講的有沒有道理，艾爾？」

鏡臉資政不吭聲。

「那條領巾很帥，」菲爾說。

「對，是很帥，」總統說。「你想不想近看一下？如果我讓你看，你能考慮把總統府搬回來給我嗎？」

「我是很樂意看一看，」菲爾說著伸手，從總統頸下摘掉總統領巾，繫在自己頸下。

「嗯，你看起來蠻帥的，」總統說。

「他看起來非常帥，」鏡臉資政說。

「他看起來太棒了，」笑容堆滿臉的資政說。

「喔，記得我以前常繫那條總統領巾，」總統喃喃說。「感覺像好幾世紀前的事了。其實才過幾分鐘，對吧？」

「是的，」菲爾說。

總統的眾多小鬍子之間徐徐泛起醒悟的神色。

「那段時光，一去不復返了，對不對？」總統說。

「是的，」菲爾說。

「總統先生，」鏡臉資政說。「前總統先生，在此容我講一聲，即使是在夜色將至、氣力漸消的時刻，能為你服務是我的榮幸。只不過，我無法疏漏的一句話是，我正值政治生涯的巔峰，與其效勞日薄西山的你，不如效勞一位日漸強勢的強人。對於志向遠大、腦筋動得快的人而言，前總統，我認為權勢始終是個誘餌。前總統，想必你也不得不承認，菲爾擁有龐大的權勢。他不僅是強勢，勢力也日漸壯大。我認為你一定也認同，而且——」

「你想離我而去嗎，艾爾？」總統說。

「是的，很遺憾，」鏡臉資政說。

「艾德，你呢？也想離我而去？」總統對笑臉資政說。「捨棄我，投效菲爾？你們全都想離我而去嗎？總統現在換菲爾了嗎？你們想說的，是不是這句話？」

笑臉資政的視線往下墜，其中一副笑臉變哀傷。

「唉，」總統說，「我清楚記得古早的那段時光，也就是今天早晨，你們幫我穿衣服，態度畢恭畢敬。我永難忘懷那段時光。感謝各位。艾爾，這個叫菲爾的傢伙啊，我覺得不太好。當心點啊，艾爾。這個菲爾，他有點恐怖。他辦事是很積極啦，不過——」

「對不起，前總統，」鏡臉資政說。「請你不要侮辱現任總統。」

「侮辱總統可能構成叛國罪，」笑臉資政說。

「啊，」前總統說。「瞭解。」

隨後，菲爾總統偕同資政群，快步離開曾是總統府的場所。如今，前總統府僅是中央有一片華麗地板的一座大花園。

「我們去哪裡，總統先生？」鏡臉資政說。

「當然是去總統府囉，」菲爾說。「去參加我的就職大典，赴我的就職宴。」

「太棒了！」鏡臉資政說。「一位熱愛盛宴的總統。」

「那個前總統，」笑臉資政說，「他從來不辦宴會。」

「一次也沒辦過，」鏡臉資政說。其實前總統經常設宴，有一次鏡臉資政出席，喝了太多玻璃清潔劑，導致視覺短暫失靈，竟一臉撞上笑臉資政，兩眼之間因而出現一道細如毛髮的裂痕，至今仍令他自卑。

「向總統府前進！」頂著假髮的嘴資政高呼，奮力仰頭，假髮被甩掉了，因此有一小段時間只剩一張嘴。

前總統府的四面牆被搬來菲爾家，包著他的公寓，金圓頂歪斜罩在公寓樓頂，成為新總統府。就職宴一直慶祝到深夜。身為外宏人，外宏人深感驕傲，端著甲苯滿溢的容器，從一牆走向另一牆，高唱國定飲酒歌，「大，大，大，摯愛的國土（若非最優，何以如今天下稱霸？）。」

隨扈坐在角落，戴耳機，欣賞著菲爾為他們特製的讚美集錄音帶。

「哇，天啊，」吉米說，嗓門過大。「他剛稱讚我的雙頭肌好大！」

「他剛稱讚我，」凡斯也喊得超大聲說，「他愛我聽命行事時全神貫注的表情。」

「我舉重物的時候，背闊肌擴張，他說他喜歡！」吉米大喊。

「他稱讚我容易和別人合作，」凡斯大喊。

「他稱讚我深藏智能，鮮少有人賞識！」吉米大喊。

晚宴嗨到最高點，菲爾坐上吉米肩膀，高舉英菁延展器比勝利手勢，動作像抽筋，不慎敲掉自己的腦袋，頭腦因而掉進一碗脆片裡。

「我的人民們！」他以洪亮的嗓門高呼。「現在，我想稱讚各位！我們是誰？我們是一個能言善道的民族，但我們卻惜言如金。我們情如深海，卻懂得自制，不常因真情流露而尷尬。我們雖然態度堅定，卻從不太堅定。我們酷愛享樂，卻從不樂昏頭而醜態畢露，除非出醜是出自你我本意。我們國徽雖然五顏六色卻始終如一。我們該怎麼樣的時候就怎麼樣，例如，需要衝過頭的時候，我們也能衝過頭。然而，即使在衝過頭的時候，我們也展現高尚品味，但我們的品味絕不會超精緻到矯揉造作的程度。即使是在我們懂得節制的時候，態度也懂得節制，例外是我們決定在節制方面不懂節制，甚至浮誇得驚人，而在浮誇的時候，我們可以浮誇到令人屏息、驚世駭俗的地步。當我們決定犯錯，我們犯的錯和任何國家犯的滔天大錯相形之下，同樣浩大，同樣無法收拾。當我們決定否認犯錯時，我們的口氣會像吐實的語調。當我們決定認錯，我們會坦白至極致，真正能打動人心！我講的有沒有道理？我講得夠動聽嗎？」

「是的！」賴瑞說。「你講得夠動聽！」

「是的！」菲爾說。「我講得太動聽了，足以證明我剛講的話，也就是，過了許多世紀的好日子，我們傳承高貴的血統，進化成最高檔、最先進的國家。而這個國家，在糟老胖子昏君統治多年後，終於獲得名正言順的領袖！那個糟老胖子除了健忘到了該被判刑的地步之外，也狂妄囂張。他明知未經挑釁的內宏人已有爆發衝突的傾向，還在邊境拉起那條可悲的細繩子，日復一日宣告：來呀，侵犯我國吧，儘管在未經挑釁的情況下爆發衝突，儘管侵犯我們天真無知的睡嬰，他只管成天念念不忘眾肚腩和小鬍子。我嘛，我既不囂張也不健忘。我只有一個肚子，不蓄鬍，唯一念念不忘的事情是人民的安全，所以我才在此宣示我的第一條『總統法案』，我精心開創的『邊境區改善方案』！有誰贊成？誰願意簽署這份『徹底同意書』來支持我的方案？」

「同意書上面寫什麼？」梅爾文說。

「上面寫什麼，關你啥事，梅爾文？」賴瑞說。「你信不過菲爾嗎？」

「我當然信得過菲爾，」梅爾文說。「我對菲爾的信任比你對菲爾的信任多一倍。」

「那你幹嘛抗拒簽署徹底同意書？」賴瑞說。

「拿過來，我馬上簽，」梅爾文說。「我現在就簽，連讀都不必讀。」

「我連看都不看就簽，」賴瑞說。

「我閉著眼睛都能簽，」邊境警衛里昂說。

「我閉著眼睛、臉轉向別的地方都能簽，」梅爾文說。

因此，賴瑞、梅爾文、里昂、隨扈、資政全都排隊，眼睛閉著，面向後方，簽署徹底同意書。

芙莉達也跟著簽署，因為眾人一直瞪著她看。

「太好了，芙莉達，萬分感謝妳！」菲爾說。「全數徹底贊同我的邊境區改善方案。只可惜，芙莉達，妳簽署的時候，怎麼不閉眼背對著同意書簽名？我其實不在意啦！妳簽了，基本上這才最要緊，對吧。」

就在這時候，街頭傳來某人用力清嗓門的聲音，震得裝著脆片和頭腦的碗從桌上跌落地，導致菲爾的頭腦滾進沙發下。

「**蟲子叼走麵包屑！**」外面有人喊。「**其他蟲子旁觀無語！**」

「**水往下流向下水道！**」路人二高喊。

「**空氣持續四處飄，供眾人呼吸！**」路人三高喊。

菲爾向外望，見三名相貌堂堂、儀容整潔的矮胖男子，鎖骨長著可拆卸式的擴音器。

「**男子向陌生路人打招呼！**」矮男一高喊。

「你們喊什麼喊？」菲爾問。

「**男子發問求答！**」矮男三說。

「**媒體要角準備回應！**」矮男一說。

「**對媒體要求是否過高？**」矮男二說。

「我們是媒體人，」矮男一說，語調尋常，不透過擴音器傳聲，而是出自臀部附近的一副呲牙笑臉。

「這地方沒啥動靜，」矮男二說，「所以我們只是在練功。」

「以防改天真的出大事了，」矮男三說。

「**黑夜持續，天空依然黑！**」矮男一說。

「我們是媒體人！」

「不錯嘛，」矮男二說。

「我覺得是重要議題，」矮男一說。

「**媒體要角二稱讚媒體要角一！**」矮男二說。

「**媒體要角宣布，媒體要角二稱讚媒體要角一！**」矮男三高喊。

「**媒體是否太重視媒體？**」矮男二高喊。

「**狗對樹叢撒尿，斜眼看自己屁股！**」矮男一高喊。

「你們明天最好去邊境區採訪，」菲爾說。「大事即將發生。對方是個暴戾無理性的民族，對我們恨之入骨。我國剛全面通過我提議的邊境區改善方案，明天是實行日。實行起來並不輕鬆。該搬除的障礙物很多。我們已經完成幾項痛苦、艱難的維安任務，不過明天我們即將盡力完成最痛苦、最艱難的一項任務。如果明天能有幾位擅長傳達真相的人在場，在國家命在旦夕的時刻鼓舞民心，應該很不錯。我很樂意負擔你們的開銷，另加一小份津貼。」

「咦，」矮男一說，「繫在你脖子下面的是不是總統領巾？」

「我的天啊，」矮男二說。「你當總統了？」

「總統不是那個小鬍子一大堆的矮胖子嗎？」矮男三說。

「他是老總統，」菲爾說。

媒體矮男既驚又喜得知，新總統熟諳媒體扮演的關鍵角色，有別於老總統。以前，老總統常侈言，為滿足國民知的權利，造成他滑囊炎惡化，害他摔破了總統壁櫥裡的幾個總統杯。

「新總統誓言掃除邊境威脅！」矮男一大喊。

「新總統對全國宣布：天下太平日將至！」矮男二大喊。

「我們幾點到場？」矮男三大喊，隨即發現，一己之見被當成客觀報導發表，因此改用較合新聞倫理的方式再問一次。這次他用的是臀部附近的嘴。

「狀況往往在黎明前後開始，」菲爾說。

「既然這樣，我們最好演練演練，」矮男三說。

「月星持續座落於空中！」矮男一高喊。

「女鄰居閉窗簾，一臉不爽！」矮男二高喊。

「本台明天起獨家系列報導邊境區動盪！」矮男三高喊。

「這標題挺響亮的，」矮男一說。

「現在去買防彈夾克，希望還不算太遲，」矮男二說。

「收據記得留著，」菲爾說。

矮男的喊叫聲飄送到外宏國最邊疆地帶。由於外宏國疆土並非無限大，三矮男的語音最後飄至緊鄰的環狀國家大凱勒。寬僅六英吋的大凱勒國呈緞帶形，環繞外宏國外圍。

由於大凱勒國土狹隘，幾乎單薄到不存在的地步，外人鮮少來訪，外敵入侵的事件更少，因此國民非常富足。大凱勒人口共九名，整天由總統帶頭，排成單縱隊散步，小心翼翼一腳換一腳前進，快樂又友善，不停談論著沿途外宏國景觀，品味著目前享用這杯咖啡滋味有何差別，或/以及欣賞從前人背影望去的宜人景象。

「請暫停！」總統瑞克高呼。他朝著外宏國領空彎腰，一手伸向耳朵收音。「有人正在大聲講話，說外宏國新總統上任，有妙事發生。」

「我忍不住想知道老總統的下場，」第一夫人說。

「高見啊，親愛的！」總統瑞克說。「我們討論一下。我們好好來一場全國對話，藉此提升國民安康指數。這真是不禁令人懷疑，他是不是退休了？或者是被逼退？」

「他過世了嗎？」第一夫人說。「如果死了，臨終遺言能不能振聾發聵？」

「該不會是含怨以終吧？」第一女兒說。

「唉，不太可能啦，親愛的，」第一夫人說。「他來訪的那次，妳記得吧？」

「好傢伙一個！」總統瑞克說。「好胖好矮，不過，在兜圈散步方面，他的確是費了好大的工夫嘗試！」

全國一同緬懷著外宏國前總統。當時，少有外人來訪的大凱勒國民看著他吃力繞圈走，因為他有三條腿，挺著幾個肚腩，頻頻跌出大凱勒，無意間重返自己國土。

「這個新總統是何方神聖？」排第五的樂娜爾說。「和老總統一樣好相處嗎？喜不喜歡講話？合不合群？」

「他會不會繞圈子走？」總統瑞克說。「這才最重要。他喜不喜歡一面喝咖啡繞圈子走，一面和和氣氣聊天？」

「他喜不喜歡喝咖啡也很重要，」國民八凱文說。

「搞不好，他比較習慣喝茶吧？」第一女兒說。

一聽見這句令人困擾的話，全國人民頓時啞然。

「我們最好邀請他過來走一走，」第一夫人說。「在他來訪前幾天，我們可以期盼他前來。在他離開後，我們可以連續幾天回味來訪過程多麼順利。一想就神清氣爽！」

「克里夫？」總統對國民四說。「現在指數多少？國人目前的生活有多麼安康、富庶、美好？我們的日子過得多滿足？」

「這個嘛，總統，」擔任國民安康評估官的克里夫說。「我們的咖啡杯大約半滿，咖啡還溫溫的，第一夫人剛遞過來幾塊餅乾，我們也剛因外宏國新總統可能來訪而突然興致勃發——我敢說，安康指數最高是十，目前差不多八。」

「不賴嘛，」總統瑞克說。「我們真的是樂在其中！」

「我們的人生好富庶，」第一女兒說。

忽然間，國民七凱莉吹哨子。

「上午過半，反方向！」總統瑞克欣然高呼，大凱勒舉國民眾全在地上躺平，好讓總統站到他應有的位子——隊伍最前頭。總統躡足踏過趴在地上的國民，走完換第一夫人也躡足踏過趴在地上的國民，走完換第一女兒，接著是排在她後面的民眾，依序躡足踏過趴在地上的國民，最後總統站在隊伍最前面，排序一如剛才，只是方向相反而已。

「誰去遞交邀請函？」總統說。「戴爾？交給你，可以嗎？」

「榮幸之至，總統，」戴爾說。第一女兒聽了臉紅，因為父母有所不知，她愛上戴爾了。不巧的是，戴爾是第九號國民，因此和她之間相隔五位國民，獨處的機會是零，只有在換方向的短暫時刻，在戴爾趴在地上的時候，她才有機會躡足走過去。

戴爾匆匆向第一女兒眉目傳情，然後以連續幾條大弧線的路徑，走進遙西外宏諾爾區。大凱勒人自幼學習繞圈走，因此只會走大弧線。

如果這次任務順利，戴爾自認有臉向總統提出「排序更換請求」。

「可以啟程了嗎？」總統瑞克說，國民七凱莉聽了吹哨子，全國開始晨間逆時針繞行。

整個上午，乃至於午後泰半時間，內宏人站在短期住居區發抖，等候菲爾抵達。凱爾的遭遇令他們深感愧疚。和任何深感愧疚的人相同的是，他們想揪一個人出來責怪，最後決定責怪凱爾。大家都對他懷念得半死。

「他瘋了不成？糊塗到底了嘛，」婉達說。「天啊，太魯莽了。」

「我提倡反抗的時候，絕對不是鼓吹他那種行為，」科提斯說。他滿懷歉疚，望著小燈泡。

「這話什麼意思？」凱蘿說。

「呃，我指的是，嗯，對話式的反抗，」科提斯緊張得猛眨眼。

「我鼓吹大家客客氣氣講一些挑釁的話，希望有機會能讓他們考慮是否重新評估兩國相對應的處境。」

就在這時候，內宏人聽見近似總統駕到的號角聲，見到看似總統板轎的物體，正由貌似總統資政團的人抬著。不同的是，端坐板轎上的總統是個神似菲爾的男子，面帶不可一世的得意狀，頸下繫著總統領巾。

「開什麼玩笑，」艾爾摩說。

接著，菲爾做出一件他從沒做過的事：他扯掉自己的螺栓。在平常，螺栓被扯掉時，他的頭腦會滾落，同時總有一股自信暴增的感覺。如今，他雖然貴為總統，卻依然想讓自信暴增，好讓自己更有總統的風範。

但現在，螺栓一扯，頭腦並未滾落。

他猛然伸雙手去摸腦架，滿臉倏然寫滿恐慌。

他赫然回想起高中往事，腦架抽搐一陣，整個人緩緩沉沒游泳池底，醒來時渾身無知覺，被伐力葉克機插管，無法言語，手腳甩來甩去，液壓油從特製鍋裡汩汩流進地板上的排水口。

「各位！」心慌的他以洪亮的嗓門大喊。「動作快！實施第一階段措施！」

隨扈從大背包取出一組挖洞機、八根粗柱子、一捲帶刺鐵絲網，然後在短期住居區周圍迅速掘八個洞，豎起柱子，將鐵絲網釘在柱子上，掛牌聲明：「促進和平圍欄」。

「怎麼了？我們被關進監獄啦？」艾爾摩說。

「你現在想把我們關進監獄嗎？」婉達說。

「內宏人的心態就是這樣！」菲爾說。「無法分辨監獄和促進和平圍欄的差別。住在和平圍欄裡平平安安的，你們不會受天生暴力傾向驅使，我們也不會受你們威脅，因此能營造雙贏局勢。」

就在這時候，媒體三矮男衝向前來，身穿防彈夾克，配備著比以前大一倍的新擴音器。

「來遲了，抱歉！」矮男一用臀部附近的嘴巴發聲。

「沒有錯過什麼好戲吧？」矮男二說。「發生什麼事？」

「邊境區改善方案第一階段完成了，」菲爾說。「我們正加速進入第二階段。」

隨扈走到外宏餐飲店後面，推著一大台木製的推車出來，車上滿載著泥沙、鏟子、一棵蘋果樹、幾桶水，以及一個看似水族箱的物品。

「老弟們，填滿那個洞！」菲爾大喊。「然後種那棵樹。重建、拓寬那條小溪。另外，放魚進小溪！我們總算收回遠古祖先開墾的土地了，要整理得美侖美奐才行！」

隨扈脫掉上衣，塗抹防曬油，一轉眼便填滿內宏國的大坑，種下新蘋果樹，拓寬小溪，在溪中放生魚。

「總統改造泥坑成農趣天堂！」矮男一大喊。

「和平降臨動盪邊境區！」矮男二大喊。

「高瞻遠矚領袖展現魄力，國民驚艷！」矮男三大喊。

菲爾心想，有魄力沒錯。貧民出身的他終於出頭天了。他記得童年家裡貧寒的景象，記得全家擠在小廚房裡，母親想開冰箱，父親只好坐進洗手台。父親想放下熨衣板，母親只好爬到冰箱上面。緊接著，他憶起父親離家後的悲慘時光，家裡的空間陡增，可以開冰箱了，可惜沒理由去開冰箱，因為裡面一直鬧空城。爸為什麼離家出走？菲爾非常明白原因。有一天，全家去邊境區野餐，爸亂扔石頭玩，石頭很小，充其量是卵石，丟進內宏國鬧著玩而已。不料，有個內宏人顯然不懂調劑身心式的嬉鬧，聲稱石頭掉進他的排氣孔，進而通知邊境警衛，當年是一個名叫史密提的男人，一個不懂生活情趣的混帳，明顯具備內宏人傾向。他命令爸住手，因為嚴格說來，法律禁止騷擾內宏人。可憐的爸一臉尷尬無比。菲爾認定，被當眾糾正，而且是在一群冷笑的內宏人面前，更有妻子和兒子旁觀，父親因此才崩潰。

一星期之後，爸走了，父子從此不曾再相見。

唉，但願爸能看到今天的菲爾！爸老是說，內宏人是人間糞土。如今，人間即將蒙受一場洗禮，能一舉根除糞土，永絕後患，而主事者是菲爾！

進行第三階段的時刻到了。

「我的人民們！」他以洪亮的嗓門高呼。「只要他們存在世上一刻，他們就不會停下對我們抗爭！因此，為了博得徹底安寧，必須將他們完全消滅！消滅消滅消滅消滅！現在，讓你我開創永世和平，同時力行財政管理，先課徵今後五日的稅金，將內宏國全國資產一次繳清。快！」

「全部嗎？」芙莉達說。

「整個國家嗎？」梅爾文說。

「敵我的界線一定要徹底劃清楚，」菲爾吼叫，「可以嗎？因為我們是我們，而我們從頭到腳是好人，所以有權終止威脅到我們、從頭到腳是壞人的他們，即使威脅再小也一樣，對不對？坐視不管，難道不算粗心大意？」

「啊，又來了，」老人葛斯嘟噥著。他已經餓到每次想呼吸都像在冷笑。

「囉嗦什麼？」菲爾說。「你在冷笑什麼？」

「我又不是在冷笑，」葛斯說。「我只是想呼吸而已。」

「笑死人！」菲爾高喊，音量之大，震掉了葛斯的左鹿角。

芙莉達呆立在一旁。葛楚德葛楚德葛楚德，她惦記著女兒，思索著，女兒如果得知她默默旁觀顫抖的老爺爺被拆解而不制止，會有何感想？芙莉達和這位老爺爺毫無瓜葛，但老爺爺和自己家那個頻頻顫抖的老爺爺竟也有九分相似，只不過，她爺爺比較像字母J而不是C，而且身上長的是枝，不是角。

「菲爾，」芙莉達沙啞地說，幾片葉子因為突然太乾燥而飄落。「這不太好吧。」

「妳覺得**不太好**？」菲爾說。「芙莉達……妳不是簽署過徹底同意書嗎？我相信妳簽了。不過，據我印象，妳簽署的態度相當不敬，眼睛張開，而且面對著同意書。都怪我當時太大意了，沒注意到妳的忠誠度有問題。妳簽徹底同意書前有沒有讀過一遍，芙莉達？特別是D條款：逆臣後果？『若發生不忠情事（由**菲爾**個人自由心證），不忠的後果將由**菲爾**獨自判定。』因此，既然我身邊容不下逆臣，不能任人污染我的國家、違逆我的決心，勸妳在此行行好，在隨扈面前跪下，自動暴露主要聯結零件，讓隨扈伸手可及，好嗎？」

「我？」芙莉達倒抽一口氣說。「你想拆解我？」

「你想拆解芙莉達？」梅爾文說。

「梅爾文！」菲爾說。「別逼我祭出H條款：防範逆臣！除了梅爾文之外，還有沒有別人有意見？有的話，請站出來。請別以為，公然在國家存亡關鍵時刻頂撞我，一定會被判不忠。沒這回事。我是可能判你不忠，但如果你參考N條款：總統大發慈悲，就知道唯有我個人能針對可能不忠情事，保留慈悲為懷的權利。」

沒人敢站出來。

「所以，大家都沒意見？」菲爾說。「除了梅爾文之外？」

「我也沒意見啊，」梅爾文說得有點慌亂。「我舉雙手贊成。」

芙莉達不下跪，也不露出主要聯結零件讓隨扈伸手可及，而是抬頭挺胸站好，心繫女兒。隨扈這時候剪除胸骨葉，然後移除人身範圍感應器、插帽針系統、球莖狀的左腳。

未久，吉米拆解到最後步驟，亦即卸下芙莉達的第三臂。她這支手正狂拍亂甩著，彷彿試圖撲滅吉米胸口一團火。

「**叛亂及早鎮壓，防微杜漸！**」矮男一高喊。

「**總統大刀闊斧！**」矮男二高喊。

「芙莉達居然是個叛徒，多悲哀啊！」菲爾說。「好吧，希望大家從這件事學到教訓！內宏人之所以如此噁心，是因為具有不忠等等的噁心特質，也喜歡不斷質疑領袖、動搖領袖，而他們的這些惡質甚至能深植外宏國人心，我盼各位記取這個教訓。哪天，如果外宏人縮小，也開始做數學證明題，我也不意外。我們必須提高警覺。我們必須隨時警惕。吉米，凡斯，請協助芙莉達提醒你我要提高警覺，具體的方法是陳列芙莉達的零件，擺得要好看，布置要發人深省，好讓民眾能見證芙莉達的零件，從中學習教訓！芙莉達做了大善事啊，發揮這麼大的教育性！透過這種方式，她在世上這一遭才不至於白走！」

於是，隨扈拿著芙莉達的零件，有些用繩子掛樹上，有些擺在岩石上，並且照菲爾指示，在每個零件旁邊附標語：「忠誠——無限好！」

接著，菲爾幾乎是事後才想起一件事，對隨扈吉米點頭，示意他從促進和平圍欄揪出老人葛斯，拆解他。由於葛斯身體羸弱無油脂，弱不禁風，兩三下就拆解完成。

「**進度持續飛快！**」矮男二大喊。

「**大獲全勝之日近在眼前！**」矮男三大喊。

這時候，內宏國境內傳出一陣高亢的鬼叫聲。

導致菲爾腦架抽搐的主因可能就是這個聲音。

菲爾暗忖，啐，完蛋了，這下子可慘了。

抽搐如此之嚴重，他在這之前只遇到過一次，而那一次比較慘，原因是，抽搐之後，話語會開始錯亂。

菲爾暗罵，可惡。它是正在發生的，有點輕微。

最好加快動作，干緊把第三解段完成，干快回家，把可惡的孬袋找回來，裝回架子上。

「抓那一個，」菲爾喘息說，手指著科提斯。吉米把科提斯揪出促進和平圍欄，讓科提斯下半身脫鉤，凡斯負責解開構成科提斯上半身的九條麻花繩索。科提斯正圓形的頭上捲毛密布，以三顆螺栓固定在頸平台上，吉米動手拔螺栓，轉眼間，科提斯化為一堆抽抽抖抖的零件，流出液壓油。

就在這一刻，大凱勒第九號國民戴爾現身了。他從外宏餐飲店後面衝出來，以百米速度往大凱勒的方向折返。剛才目睹的場面太驚人太噁心，導致身為弧行人種的他行進路線大致筆直。

「咦，什麼怪物？」梅爾文說。

「怪到不像話，」里昂說。

「而且跑步的樣子超好笑，」賴瑞說。

相對於內、外宏人而言，大凱勒人的確怪模怪樣。大凱勒人種既無機械性或植物性零件，個頭也長得高瘦，體態如腿細身體瘦的惠比特犬，站姿永遠歪一邊，像正在轉彎。而照常態而言，他們的確是永遠在轉彎。

在此應附帶一提：他們的體形也很龐大，身高大約是隨扈的三倍，體脂遠少於隨扈，腿也更長。大凱勒人因為持續走個不停，腿長而結實，跑再久也不累，臉略斜，風阻低，因此一跑起來是快如星火的飛毛腿。

戴爾是腳程最敏捷的一位。離開邊境區才六分鐘，他已奔抵大凱勒。

戴爾離開邊境區九分鐘後，大凱勒舉國端著咖啡杯聆聽完戴爾的報告，緊張得杯底和杯碟撞得叮叮響。

「克里夫，目前指數多少？」總統瑞克問國民安康指數評估官，口氣簡慢。

「總統，下跌了，」克里夫說。「雖然我們杯子裡裝滿咖啡，每人盤子裡平均有四塊餅乾，然而，滿分是十的國民安康指數卻暴跌到三，令人怵目驚心。究其原因，不外乎是戴爾報告引發焦慮。事實上，總統先生，明瞭民心的我預測，如果坐視戴爾的觀察報告不管，指數將持續劇降。」

「民眾會鬱鬱寡歡、心懷內疚嗎？」總統瑞克問。

「恐怕會，」克里夫說。

「咖啡香醇度也會下滑？」總統瑞克說。「欣賞美景或耳聞動聽的妙語，心情也不會為之振奮嗎？全因為我們擔心著遠方外國人急需援手？」

「基本上是的，」克里夫說。

「我們也許最好派遣遠征軍，」第一女兒說。

「天啊，不行吧，」總統瑞克說。「想想看，如果外宏國新總統真的像戴爾說的那麼壞，他難道不會對我國遠征軍下毒手嗎？讓所有國民安居國內，豈不是更好？我倒覺得這樣比較安康。」

「總統，目前民心緊繃，」克里夫沉重說。「全民正捫心自問，有個種族面臨被全體拆解的命運，我們卻喝著嚴選咖啡，束手無策，這怎麼行呢？民心所向是安康，沒錯，但除非事情圓滿解決，否則民心無法百分百安康。」

「我真的左右為難，」總統瑞克說。「如果國民有誰受傷，指數也可能一口氣跌破三，甚至出現負數也不是無法想像。」

「我們受得了苦，」樂娜爾說。

「我們受得了苦，有道理，」總統瑞克說。

「換個角度看，」第一女兒說，「如果那些人真的像戴爾說的那麼壞，他們的下一站可能是我國。」

「到時候有苦可吃了，」凱文說。

「咖啡車可能會被他們摧毀，」第一夫人說。

「我們可能會被拆解，」凱莉說。

「總統，」克里夫急促地沉聲說，「指數正在斷崖式暴跌。」

「可惡，」總統瑞克說。原本，他期盼今晚趕快到。照他的規劃，他本想發送法式閃電泡芙給大家驚喜，然後向國民下戰帖，請大家齊心寫一首國家十四行詩，描寫欣賞日落、品嚐泡芙的欣快。

然而，總統瑞克明白民心，知道現在要民眾寫十四行詩，只會遍紙傷心詞，字裡行間充滿罪惡感，請他們吃再多閃電泡芙也無濟於事。

因此，總統瑞克下令國家咖啡官艾若依——第六號國民——沖泡咖啡，灌滿五個保溫壺，也命令戴爾操新兵，帶領國民進入外宏國健行一小段路試試看。戴爾有跑直線的經驗，能示範剛學到的幾種實用技巧。

然後，大凱勒舉國衝進外宏國，耐不住民族習性，邊跑邊談論沿途美景，但這時大家言論簡短，語氣無歡樂。

「所有人都要嗎，總統？」這時候隨扈吉米說。「連女士都一樣？」

「連小孩也一樣？」凡斯說。

「哪來的女士或小孩！」菲爾咆哮。「我只看見頭髮比較長、身材比較窈窕的內宏人，另外有個長了兩顆怪腦的小子！內宏國沒有女人，沒有兒童，只有邪性，必須下重手處置，以防蔓延！動作快一點，小伙子！所剩的國家資產全扣押，把國家資產從促進和平圍欄搬出來，儘快！」

吉米遵命，從促進和平圍欄揪出凱蘿和艾爾摩，凡斯也從促進和平圍欄揪出婉達和小安迪，興盛一時的內宏國僅存人口全被舉到半空中，腿踹來踹去，亡國時刻近在幾秒後。

說時遲那時快，大凱勒國遠征軍趕抵邊境區，背後劃出塵土飛揚的五大道平行弧線。

「搞什麼飛機？」總統瑞克說。

「隨扈，」菲爾驚吼著，「逮捕入琴者！」

吉米和凡斯一生從未見過比他們更高大的人，如今見苗頭不對，突然念舊，想起老本行泥黏度測試員，遙想當時的美好時光。那時候，最苦的狀況是偶爾被艾德娜不慎留在院子裡通宵，渾身是泥巴。

「**隨扈逃離邊境區！**」矮男一高喊。

「**大紅衣褪下，兩人如勁風狂奔！**」矮男二高喊。

「**已不見人影！**」矮男三高喊。

「**總統菲爾啞然無言，嘴合不攏，滿臉錯愕！**」矮男二高喊。

「全國亟待總統發表談話！」矮男三高喊。

菲爾其實身體不太蘇服，感覺思路完全打吉了。可惡的腦呆跑哪裡去了？到底是掉在哪裡？失中好久了。難怪自救的相法一直相不出來。他相和這些侵犯我國的白痴弧行長人溝桶溝桶，因為他們不懂我們的苦衷。我們被迫和不文民的小郭比鄰而居，遼闊的疆土被小郭覬覦，小郭自稱和我郭一樣文民，卻敵視我們，只因我們住在一個寬廣富足的地方，人明生性正直。奇怪，講話怎麼突然大舌頭了。

菲爾兩腿不支，一屁股坐到圍欄附近的地上。

「總統？」賴瑞說。「你還好吧？」

結局不能是這樣，結局不能是這樣，結局只能是大獲全勝，美夢成真，征服強敵，菲爾坐上純金寶座，所有低等民族匍匐在他強有力的腳邊，對他歌功頌德。

「命雲之神纏酷，」他喃喃說。「橫阻我的郭家大計，斬斷我的光榮路，因為險惡，盛大的升途全倒，旗幟不飄揚，民眾回家。」

然後，無腦的架子變得太沉重，壓得他駝背，腦架被促進和平圍欄的帶刺鐵絲網勾住。

鼻洞冒出最後一個火花後，他再也沒有動作。

一陣深遠的靜謐籠罩在邊境區。

「大錯鑄下了，」賴瑞說。

「衝過頭了，」里昂說。

「我們去把可憐人放出籠子吧？」總統瑞克說。「他們那副模樣不太安康。」

九號國民戴爾在七號國民凱莉協助下，拆除促進和平圍欄，內宏國民眾傾巢而出。

「我給各位的忠言是，好好享樂！」總統瑞克說。「人生處處是美景，爭什麼爭呢？恨什麼恨呢？學著去享樂吧。你們今後沒必要鬥爭，也不會產生鬥爭的慾望！去熱愛人生，去繞圈子走，學著享用咖啡！你們辦得到嗎？你們能保證試試看嗎？」

內宏人茫然看著總統瑞克。

「好了，我們該走了！」總統瑞克說。「相信各位能自求多福！」

語畢，大凱勒國人踏上弧形的凱旋歸鄉路，身體傾斜，滿分是十的國民安康指數激增至令人瞠目的九點八，因為國民得意於最近的英勇義行，也因今後幾天能津津樂道此事而滿心期待。

「會發生這種事，我早就勸過菲爾了，」鏡臉資政說。

「我也勸過，」笑臉資政說。

「我勸說，菲爾，老實說，你以為你是誰，不要太狂妄自大了，」鏡臉資政說。

「我們好像全這樣勸過他，」只有一張嘴的資政說。

「**何以國人如此容易上當！**」矮男一高喊。

「**媒體屢發警訊，國人為何置若罔聞！**」矮男二高喊。

「資政神態緊張，快步離開邊境！」矮男三高喊。

「邊境爆發出走異狀，媒體要角勇於跟進，決心跟訪到底！」矮男一高喊。

資政與媒體人離開邊境區，前者研商如何挽回前總統，如何展現不事二主的赤忱，後者熱烈交頭接耳，以臀嘴討論如何下標題。

內宏人（艾爾摩、凱蘿、小安迪、婉達）倏然明瞭，如今他們人數超過外宏人（里昂、賴瑞、梅爾文），因此一擁而上，怒而撲向外宏人。內宏人一絲不掛，挨餓已久，被拘禁籠中數日，瀕臨亡國滅種危機，激戰不久後，從塵土中飛出一個開口銷（梅爾文的）、一個溫度計（里昂的）、賴瑞的前假髮，以及幾個原主不明的牙板，剎那間，在飛揚的塵土中，瀕臨亡國滅種危機的人成了外宏人。

在這關頭，邊境區上空出現一支大手，大到金戒指能包圍整個邊境區。大手腕有一座廣大的花園，三支手指之一是機械手，掌心看似一座波光粼粼的藍湖。

外宏人和內宏人都曾想過造物者，也曾談論過造物者，有些人甚至對造物者祈禱過，但大家做夢也沒想到造物者如此之大。

架不打了，塵土平息下來，內外宏諾爾人仰頭凝望，眼珠圓滾滾，嘴巴合不攏。

隨即，另一支大手從天而降，手腕有一大座菜園，有兩根機械手指，掌心是一座冰封湖，握著一瓶噴霧器。造物者以左手對著邊境區噴霧，內外宏人瞬間沉沉入睡。

造物者兩手聯合起來，輕輕拆解外宏人。

然後輕輕拆解內宏人。

兩手使用內外宏人零件，迅速另創十五個全新迷你人。

唯一沒用到的零件是菲爾的零件。菲爾的頭腦（從他家沙發下面撿回來，沾滿脆片屑和棉絨，發出C型腦在釋氣時的嘶嘶聲）被造物者丟進小溪，剛放生的幾條魚誤以為是奇形怪狀的蘋果掉下來，張口大咬。菲爾的身體被造物者噴上黑漆，裝在平台上，在下面裝上一面牌子。

牌子寫著：「**菲爾・狂魔。**」

然後，大手舉起新人種，舉到一雙難以形容的巨唇前，以基本上無法翻譯的造物者語言，低聲說了幾句話，意思大致是：**這一次要善待彼此。記住：你們人人都想快樂。我也要你們快樂。你們每個人都有免於恐懼的自由。我也要你們免於恐懼。你們每個人都暗自擔心自己不夠好。相信我，你們算不錯了。**

語畢，左手撿起短期住居區周圍的綠繩子，右手撿起內宏國境周圍的紅繩子，左手收拾促進和平圍欄的殘餘物，右手插下一面招牌，上面寫著：「歡迎光臨新宏諾爾。」

接著，兩隻大手拍一拍，表示艱苦任務達成，然後以堂皇的姿態，縮手回一大片白雲裡。

未久，十五人醒來，伸伸腰，打呵欠。這是什麼鬼地方啊？我是誰啊？大家全身都有點痠痛。看見招牌，眾人想通了，顯然自己是新宏諾爾人，住在新宏諾爾國。看見項鍊上的小名牌，他們想通了，各人有各人的名字。

大家一致認為，肚子餓慌了。前去不遠處那株蘋果樹途中，他們路過一座平台，上面有一具奇形怪狀的黑物體。

「那東西是什麼啊？」季爾說。

「相信我，你們算不錯了。」

「是一座菲爾像，」克萊夫說。

「什麼是菲爾像？」莎莉說。

「一個狂魔，」琉娜說。

「看樣子是，」弗里茲說。

「說不定，狂魔是他的姓？」季爾說。「上面寫的是菲爾・狂魔。好像說：嗨，我是菲爾・狂魔，對吧？從句法不太能判斷。」

「管他的，」莎莉說。「吃飯要緊。」

琉娜看著季爾。**句法？**學問太高了吧？季爾是哪裡來的大人物嗎？她赫然想到。非盯緊季爾不可。找機會去和莎莉討論一下。莎莉不像大人物。莎莉看來很通情理，有道德心，做事腳踏實地。莎莉和琉娜一樣，呈壓縮圓球狀，不像季爾身體那麼修長，跟怪物一樣。

過了幾個月，新宏人學會迴避菲爾像。沒人說得上為什麼，總覺得菲爾像令人毛骨悚然。不久後，大家懂得繞路，菲爾像被雜草淹沒，只露出腦架的尖端，矗立在雜草中，猶如一支壞掉的旗桿。動物紛紛在菲爾像做窩，鳥在裡面築巢，球也愈積愈多，因為新宏國兒童不敢去撿球。

這就是菲爾的下場：被埋進草叢裡，沒人愛，沒人恨，只是被世人遺忘，生鏽／腐蝕，連名牌也逐漸模糊。

例外的是，琉娜有時會來看一看。她不覺得菲爾像面目猙獰，只覺得有一種異樣美，有時她會在草叢裡一坐幾小時，遐想著。為什麼遐想，她也不太能說明。她遐想著一個更美好的世界，一個由態度謙遜的壓縮球形人統治的世界，像她和莎莉這種人，不常開口的這種人講話時只講短句，常談論單純而英勇的美夢。

菲爾 · 狂魔

銘謝

作者在此感激 Lannan 基金會、雪城大學藝術科學學院、以及雪城創作學程的同事與學生，感謝他們在本書萌生期間慨然支持。

大師名作坊 195

統治者菲爾的瘋狂崛起

作者—喬治・桑德斯
繪者—班傑明・吉布森
譯者—宋瑛堂
編輯—黃子萍
封面設計—賴佳韋
內頁排版—邵麗如
總編輯—嘉世強
董事長—趙政岷
出版者—時報文化出版企業股份有限公司
108019臺北市和平西路三段二四〇號三樓
發行專線—（〇二）二三〇六—六八四二
讀者服務專線—〇八〇〇—二三一—七〇五
（〇二）二三〇四—七一〇三
讀者服務傳真—（〇二）二三〇四—六八五八
郵撥—一九三四四七二四時報文化出版公司
信箱—（一〇八九九）臺北華江橋郵局第九九信箱
時報悅讀網—http://www.readingtimes.com.tw
電子郵件信箱—liter@readingtimes.com.tw
法律顧問—理律法律事務所 陳長文律師、李念祖律師
印刷—勁達印刷有限公司
初版一刷—二〇二三年三月十七日
定價—新臺幣三〇〇元
（缺頁或破損的書，請寄回更換）

時報文化出版公司成立於一九七五年，並於一九九九年股票上櫃公開發行，
於二〇〇八年脫離中時集團非屬旺中，
以「尊重智慧與創意的文化事業」為信念。

統治者菲爾的瘋狂崛起 / 喬治・桑德斯（George Saunders）作；宋瑛堂譯. -- 初版. -- 臺北市：時報文化出版企業股份有限公司, 2023.03
面； 公分 . –（大師名作坊;195）
譯自: *The Brief and Frightening Reign of Phil*
ISBN 978-626-353-471-1（平裝）

874.57 110011893

ISBN 978-626-353-471-1
Printed in Taiwan